Edition : BoD – Books on Demand, 12/14 rond-point des Champs Elysées, 75008 Paris
Imprimé par BoD - Books on Demand GmbH, Norderstedt, Allemagne
ISBN : 9782322031856
Dépôt légal : juin 2013

Isabelle Chansigaud

L'Anthère bleutée du coquelicot

Nouvelles

Au-delà de ces quelques lignes se cache l'intemporalité de nos existences. Celle que notre esprit de solitude nous offre dans nos méditations, dans notre for intérieur, dans nos pensées les plus profondes et les plus intimes.

Comme la palombe et le coquelicot, la vie tour à tour s'envole et meurt.

J'ai choisi l'anthère bleutée du coquelicot en miroir de mon regard et de ma sensibilité, et ces nouvelles se veulent semblables à ses reflets changeants et éphémères. Elles sont le fruit des semences de mon imagination au fil du vent, au gré des reflets du soleil et des nuages, du dos rond de la mer et des sentiers escarpés perdus dans la nature.

Je les offre à tous ceux que j'aime en espérant qu'ils veuillent bien suivre les traces de mes randonnées spirituelles.

Il y a tant d'amour à semer que les humains ne savent cueillir.

Dans le regard des autres se cachent des miroirs aux reflets différents des nôtres, à nous de trouver l'harmonie des couleurs de l'amitié et du partage.

L'ami Pierrot

4h31 du matin. Il avait fait chaud cette nuit-là, et déjà le premier tramway avait tiré Marc d'un sommeil un peu glauque, trouvé à grand peine, dans la touffeur d'une fin juin particulièrement ardente. Cette chenille métallique d'utilité publique était une horreur pour les dormeurs mitoyens de son parcours. Urticante à souhait jusqu'à une heure avancée après minuit, vite relayée par les éboueurs après que son roulement se soit enfin assoupi, et réveille-matin dès potron-minet... bien avant les premiers chants des oiseaux. Son esprit embrumé par le manque de sommeil, Marc se décida à émerger, vivement encouragé par le chat dont les vibrisses n'avaient pas perdu une miette de la scène malgré ses paupières à peine entrouvertes. Discret mais bien présent, il comptait bien glaner au passage quelques caresses en rab et un peu de pitance plus que matinale.

Il leva le store sur la rue encore endormie. Le ciel était clair, et commençait déjà à changer de couleur. Les chauves-souris effectuaient rapidement leurs dernières rondes nocturnes de leur vol si caractéristique. C'était les nuits les plus courtes, rapidement les étoiles allaient se fondre dans l'aube laiteuse et réveiller les premières lueurs du jour. Autant profiter de ce réveil un peu trop brutal pour aller nager très tôt, avant que les premiers touristes ne supplantent les baigneurs locaux.

Marc céda donc aux suppliques du greffier, avala un petit déjeuner costaud supposé couvrir sa flemme de cuisiner jusqu'au soir et passa rapidement sous la douche. Il enfila son short et ses baskets, et attrapa son petit sac à dos toujours prêt à l'accompagner le plus légèrement possible. 5h45, l'immeuble dormait et la rue était déserte. Il descendit les cinq marches palières et appuya sur le bouton de sa montre GPS, lui enjoignant un salut interplanétaire et galactique vers le satellite supposé capter son message, aussitôt dit aussitôt fait, cette technique aimant le ciel dégagé.

Soudain, sorti de nulle part, un géant lui fit face. Il sursauta, il ne l'avait absolument pas vu, ni entendu arriver. L'homme portait un grand chapeau qui masquait son visage et son regard. En habitué des rencontres éphémères lorsqu'il était absorbé dans ses pensées, Marc n'y prêta guère plus attention et le salua d'un vague bonjour, réminiscence d'éducation polie lorsque deux êtres se croisent même sans se connaître en dehors de toute civilisation périphérique. Marc marqua malgré lui un temps d'arrêt. Ce n'était pas tant le fait que l'inconnu n'ait pas répondu à son salut, mais il agitait curieusement une sorte de grande veste sur ses épaules, encore plus incongrue compte tenu de la chaleur ambiante. Il était tout proche de lui, mais il ne l'entendait même pas respirer, et d'un pas décidé il s'éloigna du curieux personnage. Cinquante mètres plus loin, mû par une quasi-inquiétude, il se retourna afin de s'assurer tout de même de ne pas être suivi. L'étranger n'avait pas bougé, il était toujours au bas des marches de l'immeuble.

Soudain Marc le vit se tasser, comme s'il rapetissait à l'infini, une sorte de magnétisme s'empara de lui, il resta pétrifié, et il le vit s'enfoncer dans le trottoir, là, progressivement, inexorablement, comme happé par une force invisible.

Marc ferma les yeux puis les rouvrit, convaincu d'être la proie d'une hallucination, le manque de sommeil sans doute. C'est alors que bizarrement il vit se refermer sur le trottoir, devant son immeuble, comme une épaisse plaque de métal, pourtant il aurait juré qu'il n'y avait jamais eu de regard à cet endroit. Il se donna une tape sur le bras pour réveiller son subconscient qui commençait à l'agacer, et fut rassuré. Tout allait bien, depuis hier il avait toujours son petit hématome sur l'avant-bras, qui lui était bien réel.

Il lui revînt alors en mémoire cette histoire un peu saugrenue qu'on lui avait racontée. On dit qu'une fois par an les esprits viennent à la rencontre des hommes, et leur laissent une marque sur le corps en signe de leur passage. Une éraflure, un bleu discret, quelque chose d'insignifiant, mais qui signe leur visite et ne se produit qu'une fois dans l'année pour chacun d'entre nous. Marc sourit intérieurement, décidément les nuits écourtées ne lui valaient jamais rien.

Il emprunta l'avenue Castellane dans le calme du quartier de l'Evêché. Au-dessus du muret de la maison «forêt vierge» comme il l'appelait eu égard à la luxuriance de sa végétation hétéroclite. Une majestueuse bignone blanche était déjà en fleurs, et au retour il déroberait discrètement une branchette du lantana rouge à bouturer, commettant dès lors un de ses petits larcins botaniques souvent renouvelés, et pas toujours suivis du succès escompté.

Aujourd'hui il ne traverserait pas le jardin de la Maison de l'Environnement, qui n'était pas encore ouvert. Tout en pensant au comte de Cessole avec ses guêtres et son chapeau qui dominait le Pas de l'Arpette et autres sommets du Mercantour en conquérant, Marc descendit le boulevard éponyme, puis l'avenue Georges Doublet, pour passer devant l'école Nazareth. Il contourna ensuite la piscine du Piol par le Chemin de la Petite Source. Dans le dernier virage il dit bonjour au grand chat blanc et roux qui jouait toujours la sentinelle sur son muret. Pour le plaisir il traversa et contourna la station-service par la calade à l'ancienne, totalement décalée en ces lieux, avec ses petites maisons d'un autre temps, la Villa Pitchounette et sa marquise. Puis il descendit l'avenue entre l'arche du Parc Impérial et la voie ferrée, et longea les courts de tennis encore déserts à cette heure matinale. Arrivé sur le boulevard François Grosso la ville ne lui appartînt plus tout à fait, la proximité de la voie rapide laissa entendre son ronronnement encore discret de si bonne heure. Mais déjà quelques rares véhicules rompaient le silence et il passa rapidement sous l'hostile ruban gris. De là, il s'engagea dans le calme retrouvé de la rue des Potiers, croisa la rue des Orangers, la rue Bottero, puis il fit un crochet vers l'Impasse des Violettes et la ruelle des Canebiers, petits détours éphémères qu'il aimait à s'offrir pour quelques centaines de mètres, avant de longer la haute stature de l'Elysée Palace et de déboucher sur la Prom. La plaque de marbre commémorative de Théodore Wolff était encore plus grise dans le petit matin, et semblait s'être encore un peu trop pudiquement reculée par rapport à la semaine dernière.

La plage était constellée de petits cercles d'un bleu profond, à peine visibles sur le gris des galets. C'était la saison où, en prémices au solstice d'été, les vélelles faisaient leur apparition comme autant de petits voiliers planctoniques inoffensifs voguant au gré des vents et des courants, et achevant finalement leur voyage sur le rivage, portées par les vagues. On les appelle les barques de la Saint Jean.

Le pointu avait quitté très tôt le port dans une nuit noire, bien avant que les premiers baigneurs n'envahissent les plages. Marc songeait à la vue dont il profitait avec le recul du rivage, à ce panorama dont parfois il avait un aperçu lorsqu'il nageait au large vers la bouée. Tout Nice défilait ainsi sous ses yeux comme un diaporama changeant au fil des heures, des nuages et du vent.

Le pianiste au chapeau de feutre avait terminé sa nuit dans un piano bar du Vieux Nice. Assis sur un banc sous la pergola, ses mains fatiguées posées sur son ventre, il regardait les vagues lécher doucement le ponton qui fait face au Palais de la Méditerranée.

Le pêcheur et le musicien ne se connaissaient pas et ne se rencontreraient sans doute jamais, quelques encablures d'eau salée les séparaient sans osmose.

Soudain le pianiste se leva et entama sous les yeux de Marc quelques pas de danse, sans doute le souvenir d'un morceau joué tard dans la nuit. Il le vit tournoyer et il s'approcha de lui comme une hélice un peu chancelante et l'entraîna dans sa danse saccadée.

Le pêcheur s'approcha du rivage et son pointu frôla la grève. Voilà que les vélelles grossirent et que des milliers d'anneaux bleus concentriques vinrent s'échouer.

Marc croisa le regard étrange du pianiste : «Venez avec moi», dit celui-ci en ouvrant sa cape comme une chauve-souris géante, «et vous saurez où vont les anges de la baie les jours d'été». Son sourire était à la fois énigmatique et rassurant. Et il y avait bien longtemps que les anges de mer s'étaient raréfiés dans les eaux de la baie niçoise. Alors pourquoi ces propos sybillins, se demanda Marc un peu perplexe.

Marc avait trente ans et un bel avenir devant lui. Récemment établi en tant que médecin dans le quartier des Musiciens, il avait terminé ses études par un cursus aux Etats-Unis, ce qui lui avait valu dès le début de sa carrière une carte de visite renommée et recherchée. Aussi son cabinet ne désemplissait-il pas les jours de consultation.

Cependant il ne parvenait pas à se libérer du joug d'une rencontre qu'il avait faite deux ans auparavant, alors qu'il contournait le Port de Nice en direction de la Réserve. Ses pas résonnaient sur les pavés des quais. Il avait soif, la fontaine qui fait face au Monument aux morts étaient hors service ce matin-là, et il pensait se désaltérer au point d'eau situé sur sa gauche sous la Place Ile-de-Beauté lorsque, parvenu à la hauteur de sa source présumée miraculeuse, il aperçut un panneau : « eau non potable ». Dès lors, pas d'autre solution que d'ouvrir le portillon d'une panne et d'y atteindre un des multiples robinets installés à l'attention des bateaux à l'amarrage. L'appontement léger ondula doucement sous ses pas qui vibrèrent entre les pointus.

Le Chacha, le Ninou, le Nice, Rosette et autres aux noms le plus souvent un peu naïfs, ou diminutifs évocateurs d'amours du passé, du présent ou de l'avenir, étalaient leurs couleurs plus fièrement que leur identité, de part et d'autre des quelques rangées qui leur étaient concédées. Derrière leurs noms qui prêtaient parfois à sourire, les derniers vrais pointus gardaient fière allure. Et on ne change pas le nom de baptême d'un bateau, c'est son histoire et ça porte malheur... Et si vraiment on n'a pas le choix, il faut couper sept fois son sillage pour espérer vaincre le mauvais œil.

Marc n'avait pas tout de suite remarqué une femme entre deux âges, qui se tenait presque à côté de lui sur un des bateaux, semblant affairée à mettre un peu d'ordre dans un mini capharnaüm que l'exiguïté de l'habitat ne permettait pas de faire perdurer. Il aurait d'ailleurs juré qu'il n'y avait personne lorsqu'il avait avancé sur la panne. Mais le témoignage humain est d'une grande fragilité, et Marc était souvent absorbé dans ses pensées, alors il en fut plus surpris qu'étonné.

Ils échangèrent un sourire de circonstance et il lui sembla que la femme avait envie de prolonger leur rencontre éphémère au-delà d'un sourire. Lui-même n'était pas particulièrement pressé à présent qu'il avait étanché sa soif, et il faisait déjà bien chaud, malgré l'heure matinale, pour repartir sur le champ.

« Bonjour », dit Marc, « Veuillez m'excuser de vous avoir dérangée, je ne vous avais pas vue, je cherchais juste un point d'eau potable ».

L'inconnue le toisa durant quelques secondes qui lui parurent une éternité. Elle avait les yeux clairs, la peau hâlée par le soleil, et des cheveux courts encadraient son visage assez séduisant et envoûtant malgré sa simplicité et son naturel vierge de tout artifice. Elle se mit à fredonner : « Effeuillons l'aile d'un ange pour voir si elle pense à toi, effeuillons l'aile d'un ange pour voir si elle t'aimera, effeuillons l'aile d'un ange pour voir si elle pense à toi, effeuillons l'aile d'un ange pour voir si elle t'aimera » et, dans une simplicité apparente, elle lui lança : « Je m'appelle Océane, et vous ? »

Les vaguelettes qui scintillaient alentour des coques avaient sur Marc un effet quasi stroboscopique, et c'est en ayant le sentiment de perdre un peu l'équilibre qu'il s'entendit répondre : « Marc... Marc... », dans une ébauche de psittacisme un peu incongrue qui n'avait pas vraiment lieu d'être en la circonstance.

« Bonjour Marc, bienvenue à bord du Pierrot » dit-elle en lui tendant la main pour l'inviter à monter à bord.

Décontenancé, Marc n'écouta pas la petite voix intérieure qui lui commandait, en toute rationalité, de prendre congé d'Océane, et succomba avec une facilité déconcertante au chant de la sirène, pour se retrouver presque sans s'en être rendu compte, à bord du Pierrot, qui chancela légèrement sous son poids.

Océane lui sourit et le fit s'asseoir sur le spartiate banc de bois central. Puis elle mit le moteur en route, et le ronronnement du diesel se fit régulier. Elle libéra le Pierrot de ses amarres, et l'éloigna lentement du quai. Marc, silencieux, n'osait piper mot, littéralement happé par l'aventure. Ils longèrent les bateaux endormis, les yachts et la barge du club de plongée, puis parvinrent à la jetée et au phare.

Marc jeta un coup d'œil à sa montre GPS, il devait être à peine huit heures et la journée serait longue. Malgré le ciel clair il vit s'afficher : « perte réception satellite », ce qui ne le troubla pas outre mesure, la sophistication de l'appareil ayant toujours quelque peu dépassé son entendement, il était toujours davantage enclin à blâmer le petit appareil de ses caprices plutôt qu'à en relire le mode d'emploi.

Il rendit à Océane son sourire si particulier, et décida de se laisser porter par la magie de cette petite balade en mer matinale et impromptue.

En un temps record ils dépassèrent le Cap de Nice et se retrouvèrent au large de la rade de Villefranche, où le petit pointu semblait bien fragile par-delà les coques immenses des bateaux au mouillage. Mais le Pierrot traçait fièrement sa route et semblait se jouer des courants et de son itinéraire avec une facilité déconcertante.

A présent il semblait quasiment voler sur l'eau, ne manquaient à l'appel que les exocets des mers chaudes pour l'accompagner. Ils dépassèrent tour à tour le Cap Ferrat et le Cap Martin. Océane fredonnait par intermittence, de sa voix douce et à peine audible qui se perdait dans le clapotis des vagues contre la coque du Pierrot, les paroles de Jacques Brel, « Effeuillons l'aile d'un ange pour voir si elle pense à moi effeuillons l'aile d'un ange pour voir si elle m'aimera ... ». Le ronronnement du petit moteur s'était stabilisé et se faisait totalement oublier. Océane demanda à Marc de fermer les yeux un instant, et il s'exécuta de bonne grâce. Ainsi il prenait pleinement conscience de la plénitude de ce matin calme dans l'odeur de la mer et l'air encore un peu frais à cette heure-ci. Il ne saurait dire combien de temps il resta ainsi les yeux clos et l'esprit vagabond.

Il sursauta malgré lui au son de la voix d'Océane qui fredonnait toujours la même antienne, et regarda autour de lui. Il vit alors éberlué, disparaître les derniers contours des Iles de Lérins et de l'étang du Batéguier, et se rendit compte aux rochers rouges de l'Esterel qu'ils étaient parvenus au niveau du Trayas. Il n'avait pourtant pas senti le bateau virer de bord, et il n'était pas rationnel qu'un pointu navigue à une allure pareille. Marc était d'un naturel assez cartésien, et ne put s'empêcher de faire part de son interrogation à Océane. Elle se mit à rire de sa stupéfaction :

« Le Pierrot, vous savez, est un bateau très sûr, il sait toujours où il va, il sait l'âme de la Baie des Anges, mais il ne faut jamais le contrarier. Il vous mène où il veut et vous ramène à bon port, mais ne le contrariez pas, sous peine de subir les affres de sa colère. Et ne croyez pas que j'exagère, d'ailleurs ce bateau sent toutes nos émotions. Et le Pierrot à horreur qu'on ne lui fasse pas confiance et ne se dirige pas, c'est lui qui mène sa barque comme il l'entend ».

Marc sourit, mi-amusé, mi-incrédule, il balançait entre les convictions d'Océane et la réalité, lui qui cherchait toujours une explication rationnelle à tous les phénomènes. Mais tout de même, il n'avait pas senti le Pierrot virer de bord tout à l'heure.

Soudain il eut un éblouissement, comme un évanouissement un peu bizarre. Le petit pointu semblait avoir accéléré brusquement sa vitesse de croisière, et Marc émergea à grand peine des brumes dans lesquelles son cerveau venait de se trouver plongé dans l'obscurité.

Ce qu'il vit alors le sidéra. Dans une anse de mer à l'eau limpide et au fond sableux, des dizaines de raies tournoyaient dans un ballet aquatique. Puis dans le sable il distingua une forme assez imposante au corps aplati moucheté, à demi enfouie, à mi-chemin entre la raie guitare et le requin. Il y regarda à deux fois, incrédule. Il ne reconnaissait pas les lieux, il n'était jamais venu ici. Le paysage avait des airs de tropiques dans l'immensité de cette anse aux fonds clairs. Il réalisa alors que sous ses yeux se dissimulaient des requins anges.

Océane souriait : « Je vous avais prévenu, il ne faut jamais mettre en doute le Pierrot. Et les anges ne sont pas toujours ces êtres asexués et joufflus que les idolâtres aiment à imaginer ».

Marc eût alors une réminiscence de scepticisme rationnel : « Où sommes-nous, que s'est-il passé ? ».

Océane lui enjoignit à nouveau de fermer les yeux, et Marc s'apprêtait à résister lorsque le Pierrot fit si brusquement à nouveau demi-tour qu'il vacilla, se retrouva à genoux sur le fond de la coque, et sa tête heurta l'assise en bois. Il lutta contre l'évanouissement, tandis que la voix d'Océane serinait en boucle le refrain qu'il connaissait à présent par cœur : « Effeuillons l'aile d'un ange pour voir si elle pense à moi effeuillons l'aile d'un ange pour voir si elle m'aimera ... ».

Marc reprit ses esprits et réalisa alors qu'il n'avait pas quitté le port de Nice. Mais que faisait-il seul sur cette coque de noix ? Il n'y avait personne à ses côtés. Une bâche salvatrice le protégeait de l'ardeur du soleil. Le port s'animait, Océane avait disparu, et à leurs marques anciennes, visiblement les cordages du pointu n'avaient pas été défaits depuis des lustres. Il se dit qu'il avait dû avoir un malaise qui l'avait fait basculer sur le petit bateau, et qu'il avait eu beaucoup de chance de ne pas tomber à l'eau dans le port, où personne ne serait venu le chercher. Sa montre affichait dix heures trente et il faisait très chaud à présent.

Il remonta la panne et referma le portillon. Dans un renfoncement du Quai des Docks semblait dormir un vieux mannequin abandonné comme un vieux kleenex usé qu'on aurait jeté. Il s'approcha et vit l'homme au grand chapeau qu'il avait croisé le matin, qui n'était plus qu'un pantin triste et sans vie à présent. La chanson de Jacques Brel résonnait encore dans sa tête.

Il remonta à Rauba Capeu et se dit qu'après cet épisode troublant, un bain de mer lui serait bénéfique. Parvenu à la hauteur du boulevard Gambetta, il décida de profiter du calme relatif de la plage à cet endroit. Seules quelques vélelles se desséchaient inexorablement au soleil. Il nagea un bon moment, puis se laissa choir sur les galets, épuisé.

La sourde déflagration du canon de midi, au loin sur la colline du Château, le sortit de sa torpeur. Il regarda autour de lui, avec cet étonnement qui lui venait toujours de retrouver les lieux inchangés après s'être ainsi assoupi sur les galets.

Et il se dit qu'à présent, il savait où allaient les anges de la baie les jours d'été.

La voleuse de baisers

Le café dessine une petite tornade claire dans l'œil de son cyclone d'ocre. Sur la table Gwenelie a posé les grappes de graines de poivrier qu'elle a cueillies quelques jours auparavant à l'entrée du Parc Chambrun, autant de petites boules roses et parfumées qui font un clin d'oeil à l'azalée dans la grisaille de janvier.

Cette fois-ci l'hiver est arrivé. Vent glacé, petite pluie fine pénétrante et froide. Malgré tout comme chaque dimanche matin elle ira courir. Qui est-elle vraiment en anonyme de ces heures claires où il est si bon parfois d'oublier jusqu'à son identité ...

Hier elle a vu l'homme qu'elle aime, dans une de leurs belles rencontres toujours trop éphémères à son goût bien sûr, et elle lui a volé un baiser de plus sur le pas de la porte. Dans la plénitude des heures qui suivent leurs partages, elle a besoin d'être seule, dans cette solitude quasi divine où elle ne pense qu'à lui à l'abri des agressions du monde extérieur. Pour prolonger l'instant présent de la rencontre, ne pas la ternir, lui garder ses belles couleurs comme à une aquarelle trop fragile. Elle s'organise toujours pour passer le plus d'heures possible loin de tout autre contact. Il en va de l'amour comme de certaines essences fragiles et volatiles, de ces parfums dont la fragrance ne se révèle que dans un flacon opaque à l'abri des regards, protégeant les rencontres éphémères pour tenter de les emprisonner un peu plus longtemps.

Au lendemain de ces rencontres, la course en solitaire est un prolongement naturel, comme un retour au monde extérieur en silence. Puissance du calme, de la musique silencieuse des beaux moments. Un refuge aussi.

Gwenelie traverse en diagonale comme à l'accoutumée le jardin Alsace Lorraine, fait une courte pause, laisse dériver son regard sur l'asphalte jonché de feuilles mortes aussi mouillées que dorées. La femme endormie de Volti au bord de son bassin la fait frissonner dans sa nudité des quatre saisons.

Après avoir croisé quelques chiens promenant leurs maîtres tout juste réveillés, elle débouche sur la Prom peu après le Négresco, presque au niveau du Ruhl, juste avant les pergolas qui vont vers l'est en découpant leurs montants blancs sur la mer grise, en regard de l'horizon qui tente en vain de trouver une autre couleur qu'un semblant de bande laiteuse. Du Casino quelques notes de musique dérangent la quiétude de ce matin si particulier.

Elle longe le bord de mer de ses foulées un peu mécaniques, assez lentes mais régulières, qui laissent place à l'imagination. A proximité du kiosque à journaux fermé, l'émergence rasante des flaques d'eaux quasiment invisibles se transforme en pièges pour ses chaussures qui affrontent la pluie.

Face au Jardin Albert 1er les tribunes du carnaval sont déjà montées et réservent peu de place aux piétons. Un peu plus loin, leurs rameaux métalliques ont tristement supplanté l'exposition de photographies locales qui étalait ses grands panneaux colorés. Derrière les Ponchettes, le vieux Nice est encore endormi et silencieux.

Jalonnant le parcours qu'elle emprunte, les reproductions de tableaux des peintres locaux sont autant de sujets à voyager loin dans ses pensées. *La tempête à Rauba Capeu* de Joseph Fricero, *La Baie des Anges* de Raoul Dufy, la *Vue du Port de Nice* d'Hercule Trachel... palettes d'un autre temps, finalement pas si lointain pour peu qu'on sache lui prêter un peu de réflexion et d'imagination. Alors revivent les bugadières et leurs battoirs, une pensée pour Catherine Ségurane, et les docks d'antan.

Déjà se dessine la courte montée à Rauba Capeu, le cadran solaire et la descente sur le port qu'elle contourne sous la place Ile de Beauté. Les pointus se serrent les uns contre les autres comme pour se tenir chaud.

Gwenelie emprunte l'escalier qui rejoint la Réserve, longe les palmiers des jardins du boulevard Franck Pilatte et passe devant Coco Beach.

La côte lui semble rude ce matin, et c'est soulagée qu'elle parvient à hauteur du Château de l'Anglais. Ignorant sur sa gauche le départ de la route forestière du Mont Boron qu'elle a parcourue maintes fois, elle poursuit sa course en direction de Villefranche, heureuse de retrouver une portion de route plate.

Le boulevard Princesse Grace déroule son ruban en corniche à la sortie de Nice. Elle passe devant le monument éponyme en hommage à la princesse tragiquement disparue, et songe aux victimes de cette route que viennent honorer quelques bouquets de fleurs séchées et décolorées sommairement arrimés aux grillages.

La descente est belle et elle laisse sur sa droite les chemins privés de la darse pour descendre par la voie principale en virages serrés jusqu'aux pavés du bas de la citadelle, là où les bateaux vous tendent leurs coques à quelques mètres. Dans l'anfractuosité d'une maison un camélia étique habitant difficilement un bac trop petit découvre trois fleurs d'un beau rose pâle qui s'étiolent irrémédiablement.

Le long de la plage des Marinières, tout contre la voie ferrée, les bougainvilliers si beaux l'été, n'ont plus que de maigres branches grises et dénudées. Seuls quelques-uns portent encore en leur extrémité quelques rares bractées mauves rescapées de l'hiver. Au bout de l'anse, un escalier s'élève et ne laisse plus voir que le paysage sur la mer. Un bruit sourd se fait entendre au loin, comme un gros animal qui se rapproche, prémices du passage d'un train. Sous le couvert du bosquet qui surplombe la darse, c'est un peu comme l'apparition du train dans la campagne de Monet. Comme tour à tour la vie qui passe et qui continue dans le silence irréel de ce matin gris où le temps semble avoir suspendu son vol.

Le fauve rugissant, prêt à bondir, survenu de nulle part entre ses rails glacés et rouillés, lui rappelle la réalité de l'existence. Quelques centaines d'êtres humains qui passent à côté de vous en quelques dizaines de secondes sans vous voir, et filent vers les horizons de leur futur ou de l'inconnu ou des deux, tout va si vite aujourd'hui. Peut-être est-ce pour dépasser le temps des beaux moments qu'on aimerait tant revivre plus lentement pour mieux en profiter.

Soudain le train semble ralentir. Elle se retourne, et à travers les branches elle entrevoit une main qui lui fait signe. Un visage âgé au sourire suranné. Des cheveux châtains, un peu comme les siens. Des lunettes discrètes peut-être, elle n'est pas certaine. C'est curieux, ce visage fugace lui rappelle vaguement quelqu'un ou quelque chose. Dans le frottement grinçant des rails elle entend comme une voix qui résonne.

« Gwenelie, regarde-moi, écoute-moi... Oui par ici, c'est cela, tourne la tête, comme quand tu regardais les oiseaux dans les arbres autrefois en silence dans notre jardin. Souviens-toi Gwenelie, tu aimais déjà les grands espaces et la nature ».

Une fraction de seconde elle esquisse un sourire en réponse à celui de cette femme. Ou de cet homme peut-être... instant si fugace, et à la fois si loin et si près, difficile de distinguer les traits d'un visage avec certitude.

Le train a poursuivi sa route dans des grincements métalliques.

Hallucination due au froid ? Mirage de l'hiver dans la brume ? Combien de fois a-t-elle déjà eu l'impression de ne pas être seule, tellement absorbée dans ses réflexions ?

Elle regarde la mer qui joue doucement sa musique froide du fond de l'eau, le proche rivage si clair sur le sable, au fond tapissé d'algues. Avant, arrière, ondulations d'un corps qui danse, va et vient quasi silencieux des vagues calmes de la mer protégée par l'arc de la baie. A y regarder mieux, un visage se dessine sur le fond clair, un visage aux contours flous que de petits poissons viennent taquiner.

Un visage qui s'anime et lui parle soudain : « Te souviens-tu de moi Gwenelie ? Oh je sais c'était il y a si longtemps... Nous avons pris des trains différents. La locomotive que j'aurais dû être pour toi n'a jamais su accrocher son wagon orphelin. Je viens de t'apercevoir du train et je n'ai pu résister à venir te parler un instant ».

1979, comment pourrait-elle oublier que cette année-là a marqué sa jeunesse d'un sceau indélébile ? Entre panique et réalisme Gwenelie hésite. Elle a envie d'éclater de rire de sa bêtise, de s'enfuir en courant vers la destination qu'elle s'est fixée. Et pourtant elle se surprend à un monologue quasi silencieux, un peu primaire et hésitant : « C'était en 1979 oui c'est vrai et c'est si loin déjà. Elle est partie une nuit de septembre sans me dire adieu. Et je n'ai jamais su si elle m'a aimée ... ».

Quelques algues viennent rendre les contours du visage encore plus flou, et pourtant il est là, plus réel encore dans la fugacité de son apparition éphémère, dans l'eau sur ce fond de sable clair.

C'est ridicule tout ça, les morts ne reviennent pas parler aux vivants sauf dans les livres ou dans les films, et sa mère ne lui parlait presque jamais, alors...

La forme vibre doucement sur le rivage, et semble se jouer du froid et des gouttelettes qui dessinent à la surface de la mer comme des pointillés de la vie qui dansent. Mais quelle danse ? Danse macabre, valse triste, adagio. Si c'était les quatre saisons ce serait l'hiver dans toute sa splendeur.

« Tu sais Gwenelie, je n'ai pas su te parler, et encore moins te comprendre. Tu m'en veux sûrement beaucoup mais j'aimerais que tu m'entendes. Et même si tu le peux que tu me pardonnes, au moins que tu essaies de me comprendre. Oh ! je sais c'est facile et égoïste de te dire cela à présent ».

Gwenelie voit défiler ses quinze premières années à une vitesse fulgurante, comme le train à grande vitesse qui passe à l'instant dans un fracas rapide et assourdissant. Elle revoit son enfance si difficile dans l'isolement d'une famille vivant en quasi autarcie, son adolescence gâchée par la maladie de sa mère et sa jeunesse brimée par la tyrannie de son père. Que lui veut cette forme floue qui vient la narguer, là au bord de la mer où elle vient si souvent trouver refuge ?

« Maman... – c'est bizarre de prononcer ton nom, je ne l'ai pas souvent fait – ce n'est pas possible, tu ne m'as jamais tant parlé. Nous avons côtoyé tant de silence il y a plus de trente ans. Je ne te reconnais pas. D'ailleurs je ne t'ai jamais vraiment connue... ».

Mais voilà que les contours du visage s'ensablent dans l'eau et dans le monologue de Gwenelie. Le vent s'est levé et les vagues commencent à se former, comme pour mieux accompagner l'aggravation du mauvais temps annoncée pour l'après-midi. L'une d'elle vient lécher ses baskets, épargnant in extremis la chaussure dans un mouvement salvateur. Le pas rapide de deux promeneurs la fait sursauter et l'arrache à sa torpeur. Elle relève la tête et regarde autour d'elle.

Il n'y a rien que de bien réel sur cette plage battue par le vent et la pluie qui se renforce. Elle regarde à nouveau dans l'eau devenue trouble. Le visage a disparu. Comme doivent disparaître enfin un jour de nos tourments les blessures de notre passé. Il est des trains qui ne partent plus, qui ne doivent plus partir vers les voyages stériles du passé.

Le froid la transperce et la fait trembler. Quelle idée de venir courir par un temps pareil. Si ce n'est prolonger contre vents et marées son baiser volé d'hier. C'est sa force et sa source de vie. Courir encore et encore, partir parfois même sans en avoir envie, juste pour que ses foulées lui redonnent le même sentiment de plénitude au bout de quelques kilomètres où son moi intérieur vagabonde au plus profond d'elle-même.

C'est son espoir infini, sa raison de vivre, comme ses chevauchées un peu folles par tous les temps. Prolonger la magie d'un instant présent par tous les moyens pour tenter de le rendre infini. Il faut de la solitude pour aimer, pour faire vivre les baisers volés et croire encore en l'avenir. Il faut que les autres trains de la vie passent et ne s'arrêtent plus. Il faut conjuguer les mauvais souvenirs au passé et croire en l'amour envers et contre tout.

Reprenant ses esprits elle poursuit sa course en direction du casino de Beaulieu. Les crêtes des vagues rendues à leur liberté courent en diagonale, chevauchent quelques rochers et deviennent grises et saillantes, font le gros dos, hérissées comme des chats contrariés.

La rambarde bleue qui protège la promenade dallée contraste avec le ciel plombé.

Il fait vraiment très froid à présent. La gare n'est pas loin.

Gwenelie prendra le train pour rentrer ...

Le bossu

« Monsieur Storn, c'est à vous... ». Il émerge péniblement de la torpeur dans laquelle une heure et demie d'attente l'a plongé, et se dirige avec lenteur vers le cabinet du médecin à qui il voulait dire tant de choses, mais l'attente l'a rendu muet comme une carpe.

Les assignats dansent devant ses yeux avec une rapidité fulgurante, comme sur un immense Monopoly de la vie. Ils sont sortis de leur tableau, là tout à l'heure sous ses yeux. Surtout celui qui ressemble à une carte de tarot. Avec le vieux bossu. Dans ce cadre de verre, emballage moderne témoin des vestiges surannés d'une époque révolue.

Ils se sont beaucoup parlés durant la longue attente, et çà le gêne de ne pas pouvoir lui dire au revoir, même s'ils ont rendez-vous tout à l'heure : c'est frustrant de devoir attendre le dénouement de l'histoire. Le temps s'est arrêté, et il devrait raconter sa vie, somme toute assez tranquille, à une inconnue qui prend des notes et lui pose des questions, ce qui ne lui est d'aucune utilité, alors que le bossu lui ouvre ses bras chargés de mystère, et que lui, il semble avoir vraiment quelque chose à dire.

« Je reviendrai » dit-il, « Noël c'est aussi un peu en mai dans les cerisiers qui se parent des présents du printemps dans leurs guirlandes de feuilles comme une gourmande offrande à la vie... alors je reviendrai... après le temps des cerises ».

L'immeuble est une construction belle époque comme il en existe tant à Cimiez. En sortant il rencontre à nouveau le petit arbuste desséché qui se meurt inexorablemônt devant la port,e faute d'arrosages, dans son bac devenu immense pour ce qu'il lui reste de vie. A travers la pourpre des feuilles encore en vie et la brique de celles qui ne veulent plus vivre, il le voit à nouveau... le vieux bossu est encore plus petit que dans les assignats, il semble né d'une nanotechnologie qui lui permet de le suivre partout où il se trouve.

Pourtant lorsqu'ils se sont croisés il y a quelque jours vers l'épave de l'avion, ils avaient quasiment la même taille, le même âge, l'homme était juste un peu voûté par le poids des ans et son sac à dos qui accentuait la courbure de ses spondyles à force d'avaler des kilomètres de sentiers.

Ces spondyles dont ils avaient trouvé ensemble plusieurs exemplaires dans l'herbe rase de ce plateau karstique, balayé par les vents, autrefois habité aujourd'hui oublié de la civilisation, et s'étaient plu à imaginer l'histoire du crash du petit monomoteur pris dans le brouillard de ces montagnes de l'Estéron et du Cheiron, parfois si traîtres lorsque le rideau tombe brusquement.

Le pilote avait dû chercher désespérément à éviter les barres rocheuses avant de s'écraser entre deux anciennes restanques rendues à la nature sauvage de l'endroit parmi les genêts et les ronces.

Le vieux semblait bien connaître l'histoire, il semblait se recueillir sous le soleil harassant de cette chaude journée de début d'été. « Je vous raconterai un jour... ne soyez pas pressé... vous allez l'effrayer... je reviendrai vous raconter... vous êtes arrivé au bon endroit au bon moment.... Elle vous a reconnu... regardez la position de ce qu'il reste de son corps et vous comprendrez...je vais revenir bientôt vous dire ce que vous devez savoir »... et sur ce, il disparut de son champ de vision en une fraction de seconde.

Il resta immobile comme hypnotisé par cette rencontre, un long moment son corps ne répondit plus à ses sollicitations. La carcasse de l'avion bougeait devant ses yeux, il lui sembla voir l'ombre de la tête du pilote mort dans le morceau de carlingue, puis il le vit nettement bouger, son regard fixe le terrorisa, il vit une fumée s'élever en spirale au-dessus de sa tête, tout bourdonna autour de lui, il eût un terrible étourdissement, sa tête résonnait à présent dans tout son corps, l'adagio de Gustave Mahler résonna de toutes parts en lui et il s'effondra lourdement au sol.

Le bruit d'un galop sur les rochers qui s'approchait le tira de sa torpeur, et c'est à peine ranimé qu'il le vit passer devant ses yeux, à quelques mètres de lui. Il était splendide comme il n'en avait jamais vu, l'animal altier sentit sa présence inerte et plongea son regard dans le sien une fraction de seconde, le cerf lui présenta sa ramure comme la plus belle merveille du monde et disparut, laissant porter le bruit de ses sabots derrière lui un temps qui lui parut une éternité autant que cette vision éphémère lui avait paru irréelle.

Une lourde migraine étreignait sa tête à présent, que le soleil n'arrangeait pas, il avait soif, il avait... peur. Il s'assit en tremblant et regarda autour de lui. La carlingue de l'avion avait repris sa taille initiale quand il l'avait découverte, personne ne l'habitait, aucune fumée n'en sortait, et il n'y avait pas âme qui vive à la ronde ; le cri strident d'un merle le fit sursauter plus que de raison et il se mit à pleurer. De lourds sanglots dans cette musique de *Mort à Venise* qui ne le quittait pas.

Il se souvînt enfin qu'il avait une gourde dans son sac et en avala le contenu par gestes saccadés. Il se leva, fit péniblement quelque pas et ... revit les spondyles dans l'herbe rase. Ce qui n'était que des vertèbres d'animaux morts sur place prit dans son esprit une connotation humaine à travers ce qu'il venait de vivre, il rassembla ses forces et s'enfuit en courant, sans regarder derrière lui cette épave si étrange.

Dans un lacet, il vit le vieux bossu lui sourire, un rictus un peu moqueur qui lui souffla encore : « Je vous raconterai un jour... ne soyez pas pressé... vous allez l'effrayer... je reviendrai vous raconter... vous êtes arrivé au bon endroit au bon moment... il vous a reconnu... regardez la position de ce qu'il reste de son corps et vous comprendrez...je vais revenir bientôt vous dire ce que vous devez savoir »…

Il ne sut jamais par quel miracle il parvînt à rejoindre son véhicule garé quelques kilomètres plus bas. Il s'y réfugia, verrouilla les portes et posa sa tête dans ses bras sur le volant, épuisé. Dans le coin supérieur droit du pare-brise un petit bossu s'était accroché au balai de l'essuie-glace et le regardait en souriant... il hurla de terreur.

« Monsieur, ça va Monsieur ? Ouvrez votre portière, allez n'ayez pas peur, on ne vous veut aucun mal, on va vous aider »... le petit bossu avait disparu, il parvînt à ouvrir.

Ses sauveteurs improvisés d'un jour, randonneurs eux aussi, le réconfortèrent, pensant à un banal malaise dû à la chaleur. Ils lui donnèrent à boire et lui proposèrent de l'accompagner tranquillement sur la route du retour en faisant route de conserve avec lui.

La descente jusqu'à Vence se fit sans encombre, il retrouvait des forces et des couleurs avec ses compagnons de voyage. Ils décidèrent de poursuivre la route ensemble jusqu'à Nice et ils s'arrêtèrent à mi-chemin, partager un verre de fraîcheur. A présent il se détendait, et se demandait de quelle hallucination il avait bien pu être la victime involontaire, et mit tout cela sur le compte de la fatigue et du manque de sommeil accumulés ces derniers temps. Il rentra chez lui épuisé, pris une bonne douche et s'allongea, espérant faire disparaître ainsi toute trace de migraine ; il finit par s'endormir d'un sommeil lourd et peuplé de rêves bizarres. L'avion le hantait. Lorsqu'il se réveilla il eût l'impression nauséeuse que le bossu était là et le regardait fixement.

Il pensa encore plus douloureusement à celle qui l'avait quitté par une chaude journée de mai -celle des cerisiers- pour ne jamais revenir. Son parachute s'était mis en torche, elle n'avait eu aucune chance de s'en sortir, le petit avion qui les emmenait sur les lieux du saut n'avait rien pu prévoir ni faire pour empêcher l'accident.

Ils étaient heureux ensemble, de ces amours passionnels qui vous excluent du monde le temps de leur existence éphémère, et toutes ces randonnées c'était avec elle qu'il les avait découvertes, elle était une marcheuse infatigable, sportive accomplie, aimait la nature et les grands espaces. Avec elle jamais il n'avait eu peur... ni de l'isolement ni de la perdre... et pourtant elle lui avait laissé le vide cruel de l'absence éternelle.

Il sortit dans son jardin, les insectes s'agitaient doucement dans cette fin d'après-midi. Elle était morte juste avant Noël.... Noël vous savez c'est un peu aussi au printemps dans les présents de la nature qui renaît. Il commençait à se faire tard, le jour déclinait et les martinets entamaient le ballet de leurs escadrilles en piqué. Eux n'avaient pas besoin de parachutes pour voler. Il regarda les oiseaux s'étirer en triangles comme des flèches, et il vit alors un oiseau qui n'était pas tout à fait comme les autres, sa tête ressemblait à celle du bossu du jeu de tarots.

Tout le ramenait à ce personnage et à ce qui volait dans le ciel, il voulut crier sa peur et son désarroi, mais aucun son de sortît de sa bouche.

« Ne soyez pas pressé... je reviendrai vous raconter... » « Ne soyez pas pressé... je reviendrai... »

Il ne savait plus où il en était, des mois après il essayait de survivre à l'absente et il n'y parvenait pas.

Il revivait en boucle les chemins qu'ils avaient parcourus ensemble. Tous ces hameaux abandonnés qu'il avait rêvés pour eux.

Il monta dans sa voiture et reprit la route du Col de Vence. Il bifurqua en direction du hameau de saint Barnabé et se gara comme à l'accoutumée un peu avant les habitations, au début du sentier où il se sentait un peu comme chez lui.

Il se dit qu'il allait traverser le plateau Saint Barnabé par l'autre côté, pour éviter de ressentir l'attraction de l'avion abandonné et pris la direction de Sambre Brune. Mû par une force inexplicable qui le poussait à la fois vers son destin et lui dictait avec raison de rebrousser chemin.

Il ne put s'empêcher de faire un détour par le Champ des Idoles. Cet endroit qu'on appelle le Village Nègre est constitué d'un ensemble de rochers calcaires à l'érosion très accentuée, aux curieuses formations calcaires blanches extravagantes. Ces roches forment d'étranges et mystérieux rochers sculptés qui se bousculent dans la garrigue : une tortue posée sur un immense bloc, une tête d'indien, une muraille, un sphinx, un château fort… Dans ce dédale de roches et d'arbres, on signale depuis des siècles, des faits inexpliqués qui attiraient les Romains et les Templiers, et où encore aujourd'hui on rapporte des phénomènes inattendus.

Ce lieu convenait bien à son état d'esprit actuel, habité de tant de souffrances.

Il s'adossa à une roche façonnée de façon accueillante pour son anatomie et ferma les yeux au soleil. Il goûta la quiétude des lieux et se dit que finalement la vie valait peut-être encore la peine d'être vécue, qu'il ne l'oublierait jamais, et qu'il allait, à la chaleur que lui renvoyait la nature, refaire surface et ne retournerait pas vers le Puy de Tourrette.

Les chardons bleus comme des pierres précieuses offraient leurs piquants comme des chatons dans leurs griffes, les vipérines ondoyaient doucement leurs bractées colorées dans le léger souffle de brise, et l'air sentait bon le thym qui poussait en abondance en ces lieux.

Les lignes à haute tension qui parcouraient le plateau rendaient folles les boussoles les plus élaborées, le nord s'affolant brusquement dans les boîtiers comme des derviches tourneurs entre deux pylônes, pour se calmer enfin et retrouver leur azimut.

Il se dit que comme eux il s'éloignerait à jamais des champs magnétiques qui lui faisaient mal, et qu'il trouverait enfin le sens de son nord à lui, dans l'apaisement que seule la résignation peut apporter aux passions destructrices de n'en être plus.

Il entrouvrit les yeux et ce qu'il vit lui arracha un hurlement de terreur qui dût résonner bien loin au-delà du hameau.

Le bossu était là, à quelques mètres de lui, avec son sourire narquois, et le fixait de ses petits yeux qui ressemblaient à deux billes de charbon montées dans des orbites trop grandes pour les accueillir, il était toujours aussi voûté et avait son rictus moqueur. « Ne soyez pas pressé... je suis revenu vous guider... »

Il se mit à courir, trébuchant de pierre en racine, manquant plusieurs fois de s'étaler de tout son long, les genoux et les mains écorchés par les arêtes coupantes du schiste et les épines acérées des ronces. L'odeur du thym l'enivrait et les fleurs jaunes des genêts tourbillonnaient devant ses yeux brouillés de désespoir et de terreur. Il se faisait peur à lui-même, ne se reconnaissait plus tant sa douleur était devenue trop lourde à porter.

Anéanti par le faix de son chagrin, il repassa devant la carlingue de l'avion abandonné qu'il laissa sur le côté sans y jeter un regard.

Plus loin, du haut du belvédère, il regarda ces signes cabalistiques que les ufologues de la région avaient dessinés. Les années et les nuits passées à voir des signes d'un autre monde, matérialisés à l'échelle humaine. Les mêmes dessins de Pierre du Viériou au Puy de Tourette hantaient cette immensité.

Symboles un peu fous mais pas bien méchants d'observateurs de l'inconnu qui se faisaient un monde à eux. Ils avaient matérialisé leurs observations, comme pour donner un sens au fruit de leur imagination exacerbée, laissant croire à plus d'un être bien campé sur ses certitudes et sa rationalité, aux plus folles images d'autres galaxies se rapprochant l'espace d'un instant, jouant le compte à rebours infini des années lumières qui ne comptaient plus.

Mais l'univers a-t-il encore un sens aujourd'hui pour lui ? Leurs moments heureux se bousculent dans sa tête comme autant d'osselets qui ne veulent plus trouver leurs places et s'entrechoquent à outrance. Dans ses oreilles, l'attique de son imaginaire, le marteau et l'enclume jouent en résonance dans l'étrier pour chevaucher ses pensées les plus folles.

Comment donner un sens et un espoir au désespoir ? Il ne trouve pas la réponse dans le vacarme qui lui donne si mal à la tête. Son cerveau, comme un trépané, ne voit plus rien, un peu comme dans certains ouvrages tibétains où la trépanation est présentée comme un moyen d'ouvrir le troisième œil.

Ce troisième regard, celui de la connaissance de son Moi intérieur, se refusait obstinément à lui ouvrir les paupières.

« Vous êtes arrivé au bon endroit au bon moment... elle vous a reconnu... regardez la position de ce qu'il reste de son corps et vous comprendrez... je vais revenir vous dire ce que vous devez savoir ».

« Il est temps de vous raconter à présent, c'est une histoire entre elle et vous. Vous ne l'oublierez jamais, vous l'avez aimée au-delà du temps et de la raison. D'un si grand amour on ne revient jamais.

Vous n'avez trouvé nulle part, et pour cause, l'histoire de cette épave d'avion abandonnée. Ce pilote que vous avez crû apercevoir dans le cockpit, c'était la mort, vous savez la grande faux qui vous a pris votre amour.

Je ne peux rien pour vous, j'ai essayé de vous aider et de vous faire peur pour vous détourner de là, mais vous êtes revenu vous perdre.

Elle n'est pas morte pourtant, vous savez, c'est ce qu'elle vous a laissé croire. Elle aime un autre homme tout simplement. La planète où elle vit désormais vous est à jamais inaccessible. Vous n'avez pas voulu voir qu'elle ne vous aimait plus ; Vous n'avez pas voulu voir son regard qui changeait lorsqu'elle vous regardait parce que vous l'aimiez trop, d'un amour aveugle et sans limites.

Il faut accepter maintenant... accepter ou mourir. »

« Accepter ou mourir »

Il lui sourit, il avait l'air aussi calme que l'absence de brise sur le plateau.

L'air chaud dessinait comme une mandorle au-dessus du spectre de son amour.

Il savait pourtant qu'elle était bien morte, il avait touché son corps froid et paralysé.

Il ne comprenait plus, son esprit avait trop mal pour être rationnel.

Il posa son sac à dos, s'approcha de la limite des rochers, là où la falaise se faisait la plus abrupte en abritant les oiseaux.

Il repensa un instant à la légende de la malédiction de la Reine Jeanne sur Rocca Sparviera, à ces seuls éperviers désormais habitants des à-pics vertigineux.

Il se délesta de son sac à dos qui ne lui serait plus d'aucune utilité.

Comme un oiseau ivre il s'élança dans le vide, comme un homme il s'écrasa quelques dizaines de mètres plus bas... le parachute de son amour perdu en torche ne lui laissa aucune chance.

Le cadavre sur les bras du bossu avait enfin trouvé son identité, il n'avait plus de mystère.

A tire d'aile

Thomas aime marcher sur les hauteurs de Gairaut. Souvent il emprunte le chemin de Châteaurenard, et monte la petite route goudronnée qui se termine en impasse quelques centaines de mètres plus loin.

Il passe devant Lou Soubran qui a vendu aux enchères sa notoriété de l'ère Médecin pour devenir une copropriété anonyme dont les boîtes aux lettres ne laissent paraître que les raisons sociales des sociétés immobilières désormais maîtresses des lieux dans la plus grande discrétion.

Lorsqu'il arrive à la barrière forestière, avant de poursuivre son ascension, il aime aller au bout de la piste et profiter du panorama depuis la table d'orientation, de la plaine du Var au Baou de Saint Jeannet en passant par le mont Vial et les contreforts du Cheiron. On y jouit d'une vue extraordinaire jusqu'aux sommets encore enneigés. Puis il fait demi-tour et prend habituellement sur sa gauche les escaliers empierrés qui marquent le début du sentier de grande randonnée juste après la fontaine.

Ce matin Thomas a fait une bien curieuse rencontre en bas du chemin.

Deux hommes tenaient des propos animés en surveillant d'un oeil distrait leurs chiens qui s'ébattaient sur le plateau de l'Aire Saint Michel.

Le premier, la cinquantaine, de taille moyenne et un peu dégarni, devait être un ancien pilote, et mitraillait son acolyte de propos un peu inquiétants.

« J'ai acheté récemment une petite caméra espion, comme elle est légère, je l'ai fixée sous l'aile gauche. Tu verras la prise d'altitude se fait grâce aux thermiques. Ainsi tu as une grande précision sur la position de tes adversaires ».

Le second, plus jeune, avait des allures de boxeur au teint un peu basané.

« Attention, il faut que je me prépare à l'éventualité d'une possible accélération soudaine, que je ne suis pas certain de maîtriser, mais ça m'éviterait de devoir atterrir avec la délicatesse d'un pachyderme obèse en ratant mon objectif ».

Curieux d'entendre la suite, Thomas marqua une pause et attendit. Au regard hostile que lui jeta le plus âgé des deux hommes, il n'insista pas, conscient d'avoir perçu bien involontairement les bribes d'un secret qu'il n'aurait pas dû entendre. D'ailleurs il sentit peser sur lui le poids de son intrusion jusqu'à ce qu'il disparaisse de leur champ de vision.

Se sentant coupable d'avoir été là au mauvais moment, il n'osa pas s'immiscer entre eux pour franchir le passage qui rejoint la sente rocheuse. Il décida d'attendre que la voie soit libre en s'éloignant un peu plus bas pour se réchauffer au soleil tout en profitant du paysage, solitaire dans ses pensées. Au bout d'une dizaine de minutes, il oublia son appréhension de la mine patibulaire des deux promeneurs de chiens insolites, et c'est d'un pas bien décidé qu'il s'engagea vers le sommet du Mont Chauve dans le passage désormais libéré par les curieux comparses du matin.

En montant le sentier bordé d'yeuses et de cistes en fleurs aux corolles roses et aux étamines orangées, il songea encore à ces paroles pour le moins énigmatiques. Quelques crocus encore apparents cédaient peu à peu leur place aux hampes jaunes des primevères. Comme chaque année les pentes du Mont Chauve perdaient leur nudité hivernale et se paraient des couleurs du printemps.

Les oiseaux semblaient enfin redécouvrir le bonheur du vol stationnaire. Rouges-gorges et rouges-queues déployaient leurs ailes pour le plus grand bonheur du regard de Thomas. Une buse planait au-dessus de la ruine de Châteaurenard. Parfois elle plongeait en un magnifique piqué avant de reprendre son ascension, ses rémiges écartées offertes aux courants ascendants. Au loin, les miroirs des bassins de rétention d'eau de Rimiez scintillaient sous le soleil.

Un hélicoptère de la protection civile survola la colline. L'ombre de la libellule posa un instant ses pales sur les pierres et Thomas se souvînt.

A six heures ce matin, les volets du sixième étage au milieu de l'immeuble en face de chez lui s'étaient refermés, et à dix heures sur le sentier du Mont Chauve et dans ses pensées, quelques lattes de plastiques représentaient symboliquement sa solitude.

Il regarda au loin les avions s'élever au-dessus de la Baie des Anges, et à chaque décollage il se dit que c'était peut-être dans celui-là, ou bien dans tel autre, qu'Eve s'envolerait pour deux semaines vers d'autres horizons.

Thomas habitait les beaux quartiers de Cimiez, non loin des Arènes. Souvent il allait s'y promener, longeait les allées des musiciens de jazz et le musée Matisse et arpentait le jardin fleuri du monastère.

Puis il pressait le pas en descendant de l'avenue Bellanda pour aller vers le sud, traversait l'avenue des Arènes au niveau de la passerelle de l'Hôtel Régina. Face à l'hôpital de Cimiez, il descendait la petite rue qui rejoint le Parc Liserb. Du portail de l'allée des Faunes il préférait cheminer à travers le sous-bois qui rejoint la cité des aveugles.

Puis il passait devant la rue Golbenberg Garbowska, songeait aux naufragés du Titanic, longeait le parc du château Valrose, où il allait souvent s'asseoir sur le vestige d'un banc à demi amputé pour profiter du calme des alentours du plan d'eau. Assis là, il regardait les canards qui y avaient élu domicile et qui partageaient leur univers avec d'énormes tanches devenues obèses aux au fil des ans. Seuls les colverts avaient gardé leur dignité sauvage dans leur sédentarisation.

Ce jour-là, il avait laissé une fois de plus son regard se perdre dans le visage métallique de Mélissa assise pour l'éternité sur la chèvre Amalthée dans cet écrin de verdure exotique. L'odeur mellifère des premières fleurs de l'année accentuait la présence des abeilles sacrées, et le parc regorgeait de couleurs et de senteurs dignes de la corne d'abondance de la magique Amalthée.

C'est en ces lieux calme et silencieux qu'il attendait Eve, , heureux de la retrouver. Chaque semaine il venait s'asseoir en cet endroit, propice à la méditation et à la rêverie, et la mémoire du baron Von Derwies lui soufflait de loin des frises de son isba la traduction du proverbe en cyrillique qu'Eve lui inspirait : « Bière n'est point nectar, hydromel point ambroisie quand l'amour en douceur les surpasse ».

Car Mélissa ne représentait pas seulement pour lui une femme encore jeune et belle, la nature prolifique et l'amour à laquelle l'image de Mélissa renvoyait, était aussi celle de l'amour qu'il avait pour Eve dans toutes ses déclinaisons.

Un amour au sens large du terme, car Eve n'était pas libre mais lui offrait ces instants de partage et de plénitude qu'il aurait voulu prolonger à l'infini.

Ils avaient le même âge, et enfants ils avaient partagé bien des jeux, des sourires et des larmes, mais leur amitié avait été interrompue de longues années et chacun avait suivi sa route au déménagement des parents de Thomas. Certes ils avaient bien échangé quelques lettres et cartes postales à une époque où ils étaient presque adolescents et où il n'y avait ni portables ni internet. Puis le temps avait fait son œuvre, les jeux partagés s'étaient faits souvenances et n'avaient plus vécu que dans les obscurs méandres de leurs souvenirs. Thomas ignorait qu'Eve était toujours restée à Nice, et avait longtemps habité non loin de l'école Fuon Cauda où ils avaient appris à lire et à écrire, alors que lui-même n'y était revenu qu'une vingtaine d'années plus tard.

Jusqu'à ce jour où les hasards de la vie les avaient remis sur le même chemin alors que Thomas flânait dans les allées du parc du château Valrose, où Eve torturait inlassablement d'obscures formules de chimie organique aux molécules complexes et tourmentées par le carbone et l'oxygène entre autres composés aux arcanes mystérieux pour les non-initiés.

De cette rencontre était née une complicité sans faille et sans détours, qu'ils n'auraient pour rien au monde partagée avec qui que ce soit. C'était leur jardin secret, leur rencontre hebdomadaire, leurs longues discussions au bord du plan d'eau sous le regard complice de Mélissa et d'Amalthée, seules témoins de leurs propos.

Souvent Eve s'absentait, que ce soit pour les travaux de son laboratoire de recherche ou pour suivre un mari aussi voyageur que possessif, et qui n'aurait pas vu d'un œil bienveillant leur amitié au grand jour.

Alors durant ces absences Thomas se sentait perdu, errait comme une âme en peine et arpentait les collines niçoises d'un pas infatigable.

Ce matin-là, tandis qu'il gravissait les pentes rocailleuses du Mont Chauve qui reprenait peu à peu des airs de garrigue, dans sa tête se bousculaient des dialogues avec Eve, aux paroles mêlées de vécu et d'imaginaire.

Arrivé à la jonction du sentier de grande randonnée et de la piste militaire qui termine sa course en montant vers le Fort et ses antennes radio, il décida d'emprunter la petite route aux grands lacets serrés pour redescendre, longea la casemate en ruine, et contourna la barrière forestière, puis dépassa le chemin Portaneri, et continua perdu dans ses pensées à avaler les hectomètres et les kilomètres.

Soudain un bruit sourd se fit entendre. A une allure vertigineuse une boule de feu semblant surgir de nulle part s'approcha.

Thomas n'eut que le temps de s'écarter du chemin François Clérissi qui surplombe en belvédère le hameau du Rayet.

Soudain l'avion descendit en piqué, puis quelques mètres avant de toucher le sol, comme mû par une force invisible, il remonta légèrement, tournoya en ellipses incertaines, puis alla définitivement finir sa course dans les hautes herbes de la pente caillouteuse, dans une gerbe d'étincelles et un panache de fumée blanche, dérisoires sursauts de son vol éphémère.

Sidéré, Thomas vit accourir là, devant lui, tout proches, les deux hommes qui l'avaient inquiété ce matin, dérisoires témoins impuissants du crash qui venait de se produire. Leurs regards n'avaient plus rien d'agressif, ils avaient totalement perdu leur superbe, comme deux malheureux pilotes d'aéromodélisme ayant sabordé involontairement en quelques secondes le jouet qu'ils s'étaient ingéniés à fabriquer, à mettre au point, à peaufiner des mois durant. Même leurs chiens restaient cois devant le désarroi de leurs maîtres, qui étaient là comme deux enfants incrédules regardant le fruit de leur passion réduit à néant. Que d'heures passées à assembler, peindre, coller, régler la télécommande, orienter les ailes et admirer l'essor de leur oiseau sacré, mais aussi à le faire voler de plus en plus loin, de plus en plus haut, avec de plus en plus d'assurance jusqu'au point de non-retour qu'ils venaient d'atteindre.

Thomas n'eût pas le cœur de leur parler, et encore moins d'attendre leur descente dans la rocaille pour tenter de récupérer les bribes calcinées et brisées de leur jouet d'adultes, et poursuivit la route qui le ramènerait en boucle à son point de départ. Il passa devant la stèle gravée du nom d'Henri Onda, mortellement blessé lors d'une course motocycliste en 1965, puis devant les tennis de Falicon où deux protagonistes se disputaient une partie de raquettes en plaisantant, bien loin de se souvenir, à l'instant de leurs balles échangées, du pilote décédé à quelques mètres bien des années auparavant. Décidément, les pentes abruptes du Mont Chauve sont souvent cruelles avec leurs adeptes.

Dans le lointain des avions au ventre argenté étincelaient au gré de leur inclinaison sous le soleil, au décollage de l'aéroport dont les pistes se perdaient peu à peu dans la brume qui commençait à monter sur l'horizon. Dans un de ceux-ci Eve s'envolerait ce matin vers d'autres cieux et la belle Mélissa du château Valrose l'attendrait avec Thomas en chevauchant Amalthée et en écoutant butiner les abeilles.

Le réverbère

Le bruit fit sursauter les rares amoureux des galets de la Promenade des Anglais en ce matin d'automne. Lentement comme dans un film au ralenti, le triptyque descendit s'écraser sur l'asphalte. La première boule ondoya sous les rayons du soleil comme une grosse planète scintillante, suivie de ses deux satellites désolidarisés de leurs orbites et perdus dans la galaxie. Les éclats de verre se répandirent au sol comme autant de perles d'étoiles. Comme si un rêve allait naître de cette explosion. Du réverbère désormais orphelin de ses candélabres subsistait un tronc lisse et tordu, un bout de métal qui avait perdu sa lumière. Le phœnix du terre-plein central semblait se dire qu'il l'avait échappé belle et ses palmes se caressaient sous le soleil comme si de rien n'était.

Le Centre universitaire méditerranéen se parait de ses nouvelles couleurs et venait de quitter son habit métallique d'échafaudages. Il regardait la mer calme et claire, encore douce en cet automne qui jouait les prolongations d'un été indien particulièrement long. Bientôt il accueillerait à nouveau conférenciers et auditeurs en son sein.

Une sensation de chaleur l'envahit soudain. La mer se mit à danser devant lui, des vagues énormes vinrent se briser comme par les jours de coups de mer. Elle lui tendit la main et lui sourit. Il y avait si longtemps qu'il ne l'avait pas vue. Il avait tellement souhaité cette rencontre, la revoir, il en fut heureux et lui demanda ce qu'elle faisait là, si elle n'avait pas peur des vagues et du vent, lui dit de faire attention, de ne pas trop s'éloigner des galets. Elle le rassura et lui promit. Il ferma les yeux.

Cette chaleur dans son abdomen, c'était curieux quand même, presque comme une hémorragie, pourtant il n'était pas malade, et il ne faisait plus si chaud dehors.

Il avait beau tourner la tête, il ne parvenait pas à voir la stèle adossée au pin de l'autre côté de la Prom, à l'endroit où se trouvait la villa où Marie Bashkirtseff écrivit les premières pages de son journal. Cette femme l'avait toujours fasciné. C'était son point faible les femmes, surtout celles qui le font rêver.

Il aimait leur côté ludique et artistique, ne voyait dans leurs pseudo caprices qu'originalité et créativité. Mythes d'un jour ou tranches de vie, comme celle qu'il aimait aujourd'hui. Elle était partie nager et il la savait heureuse en osmose avec la mer. Mais il commençait à s'inquiéter, cette sensation d'avoir mal partout n'était pas normale, ce matin il était en pleine forme, il avait dû attraper un de ces virus d'intersaison. Et surtout il ne pouvait pas bouger d'un centimètre, comme s'il était paralysé. La voiture s'était arrêtée, il n'entendait plus le bruit du moteur, c'est bizarre il ne se souvenait pas de l'avoir garée, mais il se sentait tellement l'esprit embrumé qu'il avait dû le faire machinalement. A cette heure matinale il y avait toujours des places libres.

Il pensait à Isadora Duncan, la danseuse aux pieds nus, qui refusait le mariage, proclamait haut et fort son indépendance, méprisait les conformismes et les préjugés. Cette femme qui, à l'instar de celle qu'il aimait, entendait vivre libre et excessive en tout, et qui avait trouvé une mort tragique en septembre 1927, étranglée par son écharpe prise dans la roue arrière d'une Bugatti, sur cette même Promenade des Anglais. Presque à la même saison que lui maintenant, enchâssé dans les méandres d'une torpeur qu'il ne s'expliquait pas, dont il ne parvenait pas à émerger.

Et toujours ce bruit incessant autour de lui, comme autant d'acouphènes se liguant contre ses oreilles pour aggraver encore cette douleur diffuse qui l'envahissait, et l'empêchait de se mouvoir. Pourtant il aurait tellement voulu prendre l'air. Il avait l'impression de ne plus pouvoir respirer dans cet habitacle que pourtant il affectionnait d'habitude.

Malgré la fraîcheur elle oublia son enveloppe charnelle qu'elle n'aimait pas, et s'avança dans l'eau claire. Il était rare de la voir si cristalline, de voir danser de petits poissons autour de ses jambes. La mer est tolérante, elle accepte en elle tous les corps, même les moins désirables, et le monde du silence transforme alors le mur des non-dits en apaisement fugace. Elle prolongea l'instant, autant pour donner à son corps le temps de s'habituer à la température de l'eau, que pour profiter de cet effet quasi stroboscopique que le doux mouvement des vagues au-dessus des galets opérait sur elle, comme un vertige qui lui faisait parfois perdre un peu l'équilibre au dernier moment. Elle se laissa aller. Un tout petit lâcher prise, un des rares qu'elle parvenait à éprouver, lui faisait oublier ses chagrins l'espace d'un instant. En ce matin calme de Rauba Capeu à Carras la mer étale était apaisante.

Elle savait qu'il viendrait la chercher, qu'ils partageraient leur dimanche à refaire le monde à leur idée, à tenter de façonner leur avenir autant que leurs caractères différents le leur permettraient, se chamailleraient souvent pour toujours mieux se réconcilier, elles ne rêveraient que de liberté et refuserait obstinément les affres de l'union sacrée, lui la presserait de partager son existence.

L'homme courait avec une régularité d'automate sur la Prom'. Son visage émacié et basané lui donnait une expression dure. Personne ne remarqua la proéminence qui contrastait avec son physique à la limite de la minceur et du cheval étique au niveau de sa taille. Il s'éloigna en direction de Carras, laissant les reflets bleutés des parois vitrées de l'hôpital Lenval se fondrent dans les galets comme il se fondait dans les coureurs de ce matin. Il dépassa tout à tour le Palais de l'Agriculture récemment rénové et sa couleur ocre un peu trop neuve, l'Hôtel Radisson, se faufila sous la pergola du bout de la Prom. Il marqua une hésitation à hauteur de Ferber en passant devant la stèle commémorative du vol Ajaccio Nice du 11 septembre 1968 et eut une pensée pour le biréacteur Caravelle, qui s'abîma brutalement en Méditerranée, au large du cap d'Antibes, et aux victimes innocentes qui avaient perdu la vie dans ce crash.

Les conditions exactes de la catastrophe qui restaient incertaines et indéterminées malgré les nombreuses démarches entreprises par les membres des familles endeuillées, le fascinaient. Il y avait lui aussi beaucoup réfléchi. Il poursuivit sa course mécanique, du Parc Phœnix en direction de l'aéroport. Déjà la première tour de contrôle lui faisait face.

C'était vraiment désagréable, ces sons qui parasitaient la musique qu'il écoutait dans sa voiture. Il s'était pourtant équipé d'un lecteur dernier cri, supposé passer outre les parasites extérieurs. Il y avait comme une musique lancinante à deux tons qui hurlait sans relâche. Mais pourquoi ne parvenait-il donc pas à attraper ce bouton de réglage ? Son bras comme paralysé était bloqué par un bout de métal qui lui faisait comme une paroi qui l'empêchait d'atteindre le boîtier. Il l'avait pourtant payée assez cher, cette voiture, une semaine auparavant, il en rêvait depuis si longtemps. Bon sang rien ne marchait jamais comme il faut sur cette terre.

C'était un véritable bonheur d'apprivoiser la mécanique par une si belle journée et dans un cadre aussi somptueux. Il avait presque envie de lui parler, de lui dire qu'elle était une perle de l'écrin de la Baie des Anges, un chaton offert au soleil. Il sourit à cette image, après tout ce n'était quand même qu'une voiture, aussi jolie soit-elle ! Mais il l'avait désirée presque comme une femme, alors il pouvait bien en parler comme d'un bijou. Mais pourquoi soudainement refusait-elle obstinément d'avancer ?

Et cette femme, c'était bizarre aussi comme elle lui parlait, sa voix était étrange, il l'écoutait sans l'entendre vraiment, il ne comprenait pas ce qu'elle disait, ne voyait que son sourire aux contours flous. A tel point qu'il n'était plus certain de l'identifier.

Elle s'éloigna un peu du bord pour nager tranquillement. C'était toujours une sensation de plénitude de voir la Baie des Anges dessiner plus précisément ses contours en prenant un peu de recul. De laisser vagabonder son esprit du Cap de Nice au Négresco, puis de quelques mouvements de son corps faire demi-tour et rêver à nouveau de Magnan aux avions qui décollent vers des destinations inconnues. De sursauter au cri d'une mouette plongeuse et rieuse semblant se moquer totalement des humains gauches et empruntés sur ces galets en défiant les lois de la pesanteur. Elle aimait la compagnie des mouettes à l'intersaison et en hiver, leur regard rieur d'amies de Gaston Lagaffe, le ballet de leur vol hélicoïdal pour mieux replonger dans la mer à chaque fois. Les voir marcher à ses côtés avant de s'envoler à nouveau dans leurs tutus à plumes, prendre le pain des mains des promeneurs en s'éloignant avec ce cri un peu rauque et strident dont on ne sait jamais s'il se moque ou pas. Les observer, les plumes ébouriffées par le vent prendre des airs un peu sévères de leurs yeux perçants qui vous fixent l'espace d'un instant comme mus par une curiosité fugace de comprendre comment fonctionnent les humains.

Elle sortit de l'eau et se sécha vigoureusement, l'atmosphère malgré le soleil, avait fraîchi en ce début d'automne et une petite brise taquinait en la picotant, ses muscles horripilateurs. Ragaillardie par la douce chaleur qui envahit le corps après un bain frais elle s'allongea au soleil et s'efforça de ne plus bouger pour ne plus sentir l'air frais et profiter pleinement de la tiédeur des rayons solaires qui descendaient chaque jour un peu plus bas dans le ciel. Fermant les yeux elle se concentra sur sa respiration en cherchant un accord quasi parfait avec l'environnement si particulier de cet été de Saint Martin, sa lumière, ses couleurs, ses odeurs, son charme éphémère et subtil.

Elle était contente de le retrouver plus tard pour passer un agréable moment. Il allait enfin lui montrer sa nouvelle voiture, dont il lui parlait sans relâche depuis une semaine, à tel point qu'elle l'avait presque humanisée jusqu'à y voir un peu comme une rivale. C'est fou comme les hommes peuvent aimer leur voiture. Jusqu'à lui parler et lui dire des mots tendres, ceux-là même qu'ils ne savent pas dire aux femmes. Cela étant, sauf à se réincarner en véhicule automobile, elle allait faire connaissance en toute simplicité avec la nouvelle venue, qu'elle avait l'impression de connaître déjà, tant il lui en avait vanté les moindres détails.

Il tenta encore de se retourner, mais son corps ne répondit plus, comme paralysé. Il tenta de crier mais n'y parvînt pas. Il y avait comme un bruit de disqueuse qui lui résonnait dans la tête. Tiens, la sirène s'était rapprochée et hurlait à présent elle aussi tout près de lui. D'habitude tout était si calme le dimanche matin. Et cette voiture qui n'avançait plus et qu'il allait devoir ramener chez le concessionnaire. C'est honteux de vendre un véhicule neuf hors d'état de marche, ils pourraient tout de même s'assurer des réglages avant la vente, il comptait bien faire entendre son mécontentement. En attendant, il devait pallier l'urgence, redémarrer ce satané tas de ferraille auquel il n'avait plus du tout envie de dire des mots doux.

Brusquement un voile noir passa devant ses yeux et il ne vit plus le soleil, le ciel ni la mer. Il avait peur, froid et chaud à la fois, ne comprenait plus rien à sa cécité soudaine dans l'assourdissant vacarme qui l'entourait et qu'il comprenait encore moins. Il sentit l'habitacle bouger, se soulever de façon étrange, puis plus rien, il perdit totalement connaissance.

L'homme émacié dépassa la première tour de contrôle, le premier terminal de l'aéroport et ralentit sa cadence, laissant les battements de son cœur qui résonnaient un peu trop vite dans sa tête, se calmer progressivement dans le soulagement de l'accomplissement de son parcours. A sa taille il y avait toujours ce renflement qu'on ne distinguait pas sous ses vêtements.

Elle laissa cheminer ses pensées au soleil et se sentit délicieusement partir dans un demi-sommeil sous la douce chaleur de l'automne. Les mouettes s'étaient tues et semblaient calmement veiller sur elle comme autant de discrets petits soldats à plumes.

Sur la Prom les employés de la voirie balayaient les derniers éclats de verre du réverbère réduit à l'état de miettes, leurs dernières lueurs s'éteignaient dans la benne parmi les autres reliefs de la vie. Presque ridicules, éphémères témoins de l'existence de quelques mois ou de quelques années.

« Dimanche matin un terrible accident s'est produit sur la Promenade des Anglais. Pour des raisons encore floues à l'heure où nous mettons sous presse, une voiture s'est encastrée dans un réverbère. Compte tenu de la violence du choc, le conducteur a dû être désincarcéré par les secours. Il est décédé durant son transfert à l'hôpital.

Il semblerait que le chauffeur ait été atteint par une balle en pleine tête à hauteur de Magnan. Pour les raisons de l'enquête, son identité n'a pas été divulguée par les services de police. D'après les premiers éléments, il semblerait que la victime n'ait eu d'autre tort que d'acquérir récemment un véhicule identique à celui de la cible réelle supposée du tueur.

Ce dernier aurait en effet été identifié et arrêté alors qu'il s'enfuyait en direction de l'aéroport, son arme sur lui ».

Oronge satanique

Les derniers bancs de nuages de la nuit s'effilochent sur les hauteurs comme autant de plumes qui s'envolent vers des horizons incertains, et les jours qui raccourcissent volent chaque matin quelques minutes de lumière au soleil, qui joue chaque jour un peu plus avec les ombres de la brume et des nuages bas de l'aube et du crépuscule.

En ce milieu d'automne les nuits sont déjà très fraîches et les ruines des casemates encore plus inhospitalières que l'été. Les sifflements des chocards à bec jaune résonnent en écho autour des ruines militaires. Dans l'aube engourdie les couleurs vont peu à peu s'éveiller, parures de fin septembre, guirlandes éphémères dorées que seule une tige fragile relie à la vie, souffles ultimes de feuilles caduques, symphonies de tourbillons aux teintes encore chaudes. La journée sera belle, déjà le bleu du ciel se laisse deviner dans les derniers contours de la nuit.

Dans une heure, les premiers randonneurs du jour abandonneront leurs voitures au départ des sentiers, pour oublier, l'espace d'une balade, le tourbillon de la vie trépidante des villes du littoral.

La vacherie silencieuse est encore endormie, seul un petit filet de fumée blanche vient dénoncer une présence humaine. Le patou a posé son museau sur ses pattes devant la porte, silencieux et immobile dans une fin de sommeil réparateur, bientôt prêt à reprendre sa course incessante parmi son troupeau qui pour l'heure termine sa nuit dans le calme de l'austère bâtisse cunéiforme.

Pablo Scortana a quitté Nice avant l'aube pour profiter du calme matinal, et il a pu atteindre la pénétrante du Paillon en un temps record comparé à ses précédents trajets. Il suffit d'une demi-heure de plus pour que la sortie de Nice soit bondée. Manquant singulièrement de motivation, il a décidé aujourd'hui de joindre l'utile à l'agréable, de faire un circuit en boucle de son trajet en montant par l'Escarène et Peira Cava, pour redescendre ce soir par la vallée de la Vésubie.

Il faut dire que cette enquête commence vraiment à lui peser. Lorsque Martin Nicolau a fait appel à ses services, il venait de recevoir en trois jours les menaces de sa banque pour les traites impayées du remboursement de l'emprunt contracté pour son appartement, d'une saisie de trésor public pour ses impôts dont les feuilles d'automne s'accumulaient avec des couleurs bien ternes, et de la facture salée de son garagiste qui avait diagnostiqué un nombre incalculable de défaillances mécaniques à sa voiture d'âge mûr, dont il était bien incapable d'apprécier le bien-fondé et dont il avait accepté les réparations les yeux fermés, car il ne pouvait s'en passer.

Alors cette soi-disant histoire d'empoisonnement sur les hauteurs du Turini était tombée fort à propos financièrement. Martin Nicolau proposait une rétribution tout à fait honnête, le défraiement de ses frais, et ne parlait presque pas, ce qui était reposant. En revanche il tenait plus que tout à savoir pourquoi son oncle Roger était mort selon lui dans des circonstances troubles et non élucidées, et se montrait fort exigeant quant à l'avancement des recherches de Pablo, qui piétinait chaque jour un peu plus.

Aussi avait-il décidé d'aller passer encore une journée sur les lieux du forfait présumé. La police n'avait rien trouvé, les gendarmes non plus, le médecin avait fini par délivrer le permis d'inhumer. Roger Nicolau menait une vie saine, était âgé d'une cinquantaine d'années, était relativement sobre, une anomalie congénitale cardiaque lui interdisant tout excès de nourriture ou de boisson. Il suivait un traitement régulier, était bien stabilisé depuis quelques années, avait même obtenu de son médecin la permission de boire un petit verre de vin quotidien, et s'octroyait même un digestif du soir, un peu moins autorisé certes mais auquel il ne dérogeait jamais à la fin de son dîner.

Après avoir passé une mauvaise nuit, ce qui lui était rare, car ses journées rudes de montagnard favorisaient la récupération nocturne, un matin brusquement il s'était écroulé atteint de nausées, tachycardie, tremblements, étourdissement dans une totale confusion, et malgré l'intervention rapide du médecin appelé en urgence en ces lieux isolés, Roger n'avait pas survécu.

« Décès dû à un dérèglement métabolique et cardio-vasculaire associé à une d'une anomalie de la filtration rénale », avait dit le médecin. A ses dires, il aurait un peu forcé sur l'alcool ce soir-là, et son organisme fragilisé pas les pathologies chroniques dont il souffrait, Roger Nicolau ne s'en était pas remis, affirmation contre laquelle son frère s'élevait avec véhémence, jurant à qui voulait l'entendre d'une voix de stentor qu'il n'en était rien, en tout cas pas plus que d'habitude... et que les élucubrations et la paresse de ces putains de la rousse le faisaient vomir.

Martin Nicolau était convaincu que la mort de son oncle n'était pas naturelle. Ils n'avaient pas que des amis depuis quelque temps. Le terrain sur lequel ils vivaient tous les deux depuis de nombreuses années était devenu la cible de la spéculation des investisseurs de la station touristique voisine, lesquels n'avaient d'yeux que pour ces quelques hectares qui faisaient obstacle à la continuité d'une coulée soi-disant verte, qu'ils s'efforçaient de mettre en place pour alimenter leurs comptes en banques, sous des apparences écologiques et autres prétextes fallacieux de sauvegarde de l'environnement. Il faut dire que la bâtisse qui servait à la fois de vacherie, de logement, et de fabrique à fromage aux deux hommes semblait quantité bien négligeable eu égard aux enjeux financiers du projet.

Pablo Scortana devait la jouer fine, car les enquêteurs n'appréciaient guère qu'il s'immisce dans leur travail qui de toutes façons pour eux étaient terminé, et les autochtones de ce monde rural et montagnard étaient soit muets comme des carpes, soit bavards seulement auprès des autorités pour dénoncer sa présence importune. Il avait un grand respect pour Martin Nicolau, qui devait assumer seul désormais la charge de la vacherie, et s'acquittait de sa tâche avec une dignité exemplaire. Mais sa rudesse et son caractère renfermé le glaçaient, il avait beaucoup de mal à communiquer avec lui et le craignait même un peu parfois. Pablo savait que Martin ne le lâcherait pas tant qu'il ne saurait pas ce qu'il était convaincu devoir savoir. Il lui avait de surcroît versé une avance confortable pour de bien piètres résultats jusque-là.

La route déroulait ses lacets devant la petite voiture qui s'efforçait de grimper vaillamment les côtes de plus en plus pentues. Encore quelques kilomètres et il y serait. Il aperçut au détour d'un virage la silhouette de Dédé, un des rares habitants de ces lieux. Toujours levé à l'aube, il arpentait inlassablement les sentiers les plus escarpés. Selon la saison, il devenait tour à tour herboriste chevronné dont les décoctions les plus étranges et secrètes lui valaient une réputation hors pair pour leur efficacité, n'hésitait pas à s'encorder pour aller cueillir le génépi sur les parois abruptes, et en cette saison portait déjà à cette heure matinale un panier prudemment recouvert, mais qui ne laissait aucun doute vu l'époque et à la manière dont l'homme penchait légèrement sous le faix de sa charge, sur une jolie cueillette de champignons.

Pablo avait eu l'occasion de passer une soirée et une nuit à la vacherie les premiers temps, il en gardait un souvenir particulier, à la fois rude et émouvant.

Martin avait convié Dédé à partager leur repas, qui fut assez inoubliable. La marmite de la daube, aussi surannée que son propriétaire, avait connu beaucoup plus d'heures de chauffe que de coups d'éponge, et revêtait un aspect un peu crépi et granuleux, noirâtre à la base léchée par les flammes, et d'un marron plus que douteux qui montait en dégradés de crasse jusqu'à son rebord. Mais il faut bien avouer que Pablo n'avait jamais mangé une aussi bonne daube, goûteuse à souhait, et qu'elle avait une saveur bien particulière, cuisinée avec des cèpes et autres champignons dans une recette dont ils gardaient aussi jalousement le secret que de leurs coins de cueillettes et ce n'était pas peu dire.

Ce repas partagé entre hommes s'annonça assez plaisant. Dédé quitta quelques minutes son caractère taiseux pour lui conter l'histoire de l'amanite des Césars, réputée être un mets de choix à la table des empereurs romains. La beauté de l'oronge, sa réputation et sa relative rareté en font le roi des champignons et un peu le Graal de tous les passionnés. Mais Dédé avait ses coins secrets et en cueillait des paniers entiers. Et ses connaissances en la matière étaient de taille à déstabiliser plus d'un mycologue averti.

Alors que Pablo avait déjà savouré une bonne demie assiette de daube, il prit un sourire narquois inhabituel pour lui raconter que l'amanite des Césars peut se confondre assez facilement, pour un néophyte, avec l'amanite tue-mouches dite pour cela « fausse oronge », qui elle est toxique. A la mine décomposée de Pablo qui blêmissait en apnée à vue d'œil, la fourchette paralysée dans son élan, les deux hommes éclatèrent de rire. Leur invité d'un soir se ressaisit en réalisant que tous les trois partageaient le même repas, se sentit ridicule, et après un instant d'incrédulité et d'orgueil bien vite ravalé, se mit à rire lui aussi.

Le reste du repas se poursuivit avec la tome de vache des autochtones, pas peu fiers de la faire goûter et apprécier à leur compagnon qui les distrayait un peu de leurs soirées bien longues depuis que Roger n'était plus là. Ils avaient-là qui plus est, un invité cible de choix, conditionné et urbanisé durant des années par une alimentation sous barquettes et cellophane, pasteurisée et raffinée à outrance, et qui de surcroît ne connaissait pas grand-chose à la nature. Et ce soir-là, le fromage conservé à température ambiante, le pain tranché avec le même couteau depuis des lustres, un vin rouge bien charpenté d'origine indéterminée, et un digestif de fabrication locale plus proche d'un alcool pur que d'un alcool tout court, avaient laissé Pablo bien incapable de redescendre vers la ville en voiture dans son état et à une heure devenue tardive.

C'est donc tout naturellement qu'un lit de fortune lui fut dédié... enfin un matelas assorti d'une sorte de toile de jute bien rêche, le tout recouvert de ce qu'il restait du souvenir d'une couverture qui avait dû être verte dans un lointain passé. Le tout râpeux à souhait. Martin et Dédé lui souhaitèrent une bonne nuit, tout en lui enjoignant fortement d'éviter de réveiller Tom le patou, qui détestait jusqu'au bout des crocs voir ses songes perturbés par des étrangers.

Son sommeil lourd fut peuplé des rêves les plus étranges, habités par les propos de ses hôtes d'un soir qui, le sentant réceptif, avaient entrepris de faire son éducation mycologique. Il ne voyait dans ses pensées que des clathres grillagés, des satyres puants, ces champignons du diable dont ils lui avaient rebattu les oreilles, et ces espèces d'anthurus dont son esprit imbibé par l'alcool lui renvoyait des images d'œufs blanchâtres aux bras de couleur rouge, ressemblant à autant de poulpes moribonds à l'odeur nauséabonde. Les morilles les plus succulentes devenaient des éponges crasseuses dans ses songes, et des cèpes les plus délicieux, son cerveau fatigué n'avait retenu que de bolet Satan. Il faut dire que dans ces montagnes isolées le temps avait le pouvoir de suspendre son vol dans un silence nocturne diabolique. Les sanguins laissaient échapper dans ses cauchemars de l'hémoglobine humaine, qu'il amalgamait avec le couteau qui servait à couper la base des champignons à la cueillette, en attribuant involontairement à l'outil de bien macabres desseins dans des vapeurs encore alcoolisées.

De ce magma imaginaire glauque et terrifiant, il s'éveilla plusieurs fois en sursaut, en nage et le cœur battant, renonçant in extremis à chaque réveil à mettre un pied par terre pour pouvoir reprendre ses esprits et boire un peu d'eau que son organisme réclamait à cor et à cri, mais les grognements de Tom se faisaient dissuasifs. Comme il regrettait sa bouteille d'eau au pied de son lit de la ville, un vrai lit confortable, avec son chat qui ne demandait qu'à dormir lové contre lui bien au chaud, quelques dizaines de kilomètres plus bas qui lui semblaient à des années-lumière.

Depuis cette soirée mémorable dont Pablo était reparti le lendemain matin après une toilette plus que sommaire à l'eau glacée, un café digne de réveiller un mort, et avec une migraine de citadin, la tête encore lourde comme s'il avait consommé une tonne de champignons hallucinogènes, il avait pris la résolution, après avoir retrouvé ses esprits, de faire désormais des allers-retours dans une même journée quoi qu'il advienne.

Absorbé dans ses pensées par les souvenirs de son expérience de l'habitat et du mode de vie des deux montagnards, et alors qu'il rétrogradait pour la énième fois dans un virage encore plus relevé que les autres, il doubla Dédé et s'arrêta à sa hauteur pour le saluer. Mais ce matin-là l'homme n'était pas vraiment d'humeur bavarde, encore moins que d'habitude, ce qui n'était pas peu dire hormis lors de la soirée mémorable qu'ils avaient partagée. Après quelques minutes de considérations sur le temps, l'hiver qui arrive, avoir tenté en vain d'entrevoir ce que contenait le panier, et esquissé la question de son contenu sans finir sa phrase, car son interlocuteur s'était remis à marcher d'un pas décidé, ne répondant même pas à sa proposition de le conduire à destination, Pablo reprit sa route dépité. Décidément, dans cette sacrée montagne, dès qu'on côtoyait les êtres humains et leurs foutus caractères de montagnards, rien n'allait plus.

C'était décidé cette fois-ci ce serait sa dernière journée à supporter leurs mines patibulaires, et s'il ne trouvait pas la cause de la mort de Roger Nicolau, il déclarerait forfait et se débrouillerait pour rembourser ses dettes autrement. Après tout, les conclusions du médecin et de la police n'étaient peut-être pas aussi dénuées de bon sens que voulait bien le faire entendre Martin. Ce dernier avait vécu en osmose avec son oncle des décennies durant, et la souffrance du deuil dans cet univers austère et solitaire était sans doute propice à une imagination négative galopante. Roger était malade depuis longtemps, il avait bu plus que de coutume, son organisme n'avait pas supporté et voilà tout. C'était rationnel, cartésien, çà correspondait au rapport d'analyses, et Pablo regrettait de s'être laissé entraîner dans une aventure à la limite du grotesque nonobstant la douleur de Martin. Et il n'allait pas passer l'hiver sur ces routes infernales qui allaient bientôt empirer avec le froid, le verglas et la neige, au risque de finir au fond d'un ravin pour quelques centaines d'euros.

C'est animé de ces résolutions attisées par l'accueil glacial de Dédé que Pablo parvînt à la vacherie où Tom se précipita pour l'accueillir les babines retroussées, aboyant comme un fou de telle sorte qu'il resta prudemment dans sa voiture en attendant que Martin veuille bien exercer son autorité, pour une fois utilement, sur son chien, qui à la voix de son maître se calma instantanément. Sans dire un mot ils entrèrent dans la grande pièce qui faisait office de salle commune, et ils partagèrent un café brûlant qui faisait du bien en cette fraîcheur matinale malgré son amertume et sa force. Pablo allait prendre la parole et rompre le silence, lorsque Dédé entra, son lourd panier à la main. Il avait marché vite le bougre, il y avait au moins deux kilomètres depuis qu'il avait silencieusement refusé de monter dans la voiture, et il ne s'était pas écoulé beaucoup plus d'une vingtaine de minutes.

Martin souleva le couvercle du panier et ne put s'empêcher de pousser un sifflement admiratif. Le panier était composé de diverses espèces de champignons, dont les fameuses oronges de la soirée mémorable que Pablo avait partagée avec eux, mais ce qui suscitait par-dessus tout l'intérêt des deux hommes, c'était des champignons grisâtres de forme ovoïde et bien peu avenants. Des coprins noirs d'encre, qui se faisaient, aux dires des deux hommes, assez rares par ici, les premiers de la saison en état d'être consommés. Ces deux-là ne sortaient de leur mutisme que pour parler des choses de la montagne et de la nature, et ils étaient alors intarissables.

Ils apprirent à Pablo que ces foutus champignons avaient le délicat pouvoir de se liquéfier littéralement en vieillissant, leurs lamelles se transformant en une sorte d'encre noirâtre les rendant alors parfaitement inconsommables. Mais à leurs dires ces jeunes coprins seraient un délice. La dernière fois qu'ils en avaient mangé c'était le jour de la mort de Roger. Et en plus ils avaient un peu trop bu alors ils s'en souvenaient de cette soirée ! En avoir trouvé ce matin était un signe de sa présence pour eux. Ils semblaient ragaillardis et heureux comme si Roger allait ressusciter pour se mettre à table avec eux.

Quant à Pablo, que toutes ces aventures mycologiques ne parvenaient décidément pas à captiver, même si les premiers jours il s'était documenté sur le sujet, il attendait une accalmie de la soudaine excitation de ses hôtes pour leur annoncer sans trop de brutalité sa décision d'abandonner ses recherches.

Lorsqu'il avoua son incapacité à dénouer les fils de l'écheveau qui entourait la mort de Roger Nicolau, Martin et Dédé se figèrent dans un mutisme d'outre-tombe. Des minutes qui semblèrent à Pablo une éternité, tant il est des silences qui hurlent leur révolte. Même Tom était allé se coucher dans un recoin de la pièce, sans bouger, et n'avait pas terminé sa gamelle. La mouche qui les agaçait encore quelques secondes avant avait dû aller continuer son vol obsédant dans un autre endroit ou finir par trouver l'issue de sa prison.

Pablo tenta à plusieurs reprises de bredouiller quelques mots, mais aucun son ne sortit de sa bouche, tant l'hostilité de ses deux hôtes était perceptible. Il aurait voulu leur dire malgré tout, sa sympathie, ses regrets de n'avoir rien pu expliquer. Mais le mutisme était communicatif et paralysant dans le silence de l'immensité des lieux. Il finit par se lever et tendit une main d'adieu à Martin. Celui-ci ne le regarda même pas et ses pouces ne quittèrent pas les passants de ceinture de son pantalon, ou plutôt ce qu'il en restait. Dans un sursaut de courage Pablo se tourna vers Dédé, mais avant même qu'il ne pût esquisser un geste, ce dernier pivota sur lui-même en un quart de tour sans équivoque.

Pablo franchit donc le seuil de la vacherie encouragé par les seuls grognements de Tom et ne se sentit vraiment en sécurité qu'une fois verrouillé dans sa voiture. Il rentra chez lui encore plus dépité que le matin. La route du retour et les embouteillages causés par des chutes de pierres eurent raison de ses dernières bonnes résolutions et il trouva le trajet interminable comme jamais.

Chez lui son chat l'attendait patiemment. Il caressa son fidèle greffier, lui donna à manger et lui promit de ne plus passer des journées entières absent à arpenter les montagnes à la recherche de solutions foireuses à des questions tordues. Le matou l'apaisa rapidement, c'est fou comme cette boule de poils chaude et ronronnante avait un pouvoir magique sur son compagnon de vie.

Pablo n'aimait pas les échecs et les abandons, mais il avait été au-delà du raisonnable dans cette aventure montagnarde. Il eut un rictus de dépit en apercevant posé sur le coin de son bureau un petit livre de poche intitulé *Champignons de nos régions.*

Le chat roulé en boule contre lui, il se mit feuilleter le glossaire mycologique comme pour exorciser sa déception. Les noms vernaculaires des champignons étaient une mine pour le cruciverbiste avéré qu'il était devenu au fil des ans, dans l'ennui de la longueur de ses soirées humainement solitaires que seuls les ronronnements du chat venaient parfois doucement troubler. Il garderait ce petit recueil, non comme un souvenir d'une histoire peu glorieuse qui se terminait en queue de poisson, mais comme un simple livret à compulser lorsque Michel Laclos ou Guy Hachette cherchent la petite bête parmi les cases blanches et noires de l'échiquier de leurs grilles de mots croisés.

Cependant, un passage retînt soudain son attention : « Coprin noir d'encre (*coprinopsis atramentaria*) : Comme beaucoup de coprins, il pousse en touffes. Son chapeau, plutôt grisâtre, est fortement plissé. Les lamelles très serrées sont d'abord blanchâtres, mais virent rapidement au noir et sont très déliquescentes. Toxique avec de l'alcool. Il contient une toxine, identique à l'antabuse, qui bloque la dégradation de l'alcool au niveau du foie pendant plusieurs jours provoquant alors des troubles cardio-vasculaires (syndrome coprinien ou effet antabuse) lorsqu'on boit de l'alcool en les consommant, voire le lendemain ou quelques jours plus tard ».

Il sursauta et relut en boucle au moins une dizaine de fois le paragraphe, avant de se résoudre à l'évidence. Roger était mort tout bêtement empoisonné par les champignons qu'il avait ingurgités la veille en consommant de l'alcool. Ce qui avait valu à ses comparses une bonne diarrhée accompagnée de sensations de malaise, mais que son organisme n'avait pas supporté en raison de sa fragilité congénitale. C'était d'ailleurs un miracle que Martin et Dédé s'en soient tirés avec si peu de conséquences. Et voilà aussi pourquoi ils s'étaient demandés pendant quelques jours quel virus ils avaient bien pu attraper pour être si fatigués, puis avaient fini par imputer leur état au choc de la mort de Roger.

Pablo se dit que la vie ne tenait vraiment qu'à un fil, on ne le dirait jamais assez. Roger était un roc et avait bien vécu malgré sa maladie. Bu et mangé plus que de raison avant d'être rattrapé par ses champignons.

Il était trop tard pour appeler le médecin qui avait constaté le décès et lui soumettre ses conclusions. Mais il avait la certitude d'avoir enfin trouvé la faille dans cette histoire, et se sentait soulagé de ne pas laisser en suspens toutes les questions qu'il avait mauvaise conscience d'avoir lâchement abandonnées ans réponses.

Il regarda le matou qui s'était endormi et pensa à la promesse qu'il lui avait faite.

Demain, Pablo reprendrait le chemin de la montagne encore une fois, mais juste pour quelques heures.

L'arpège et l'alkékenge

Des marches de vieilles pierres tapissées par le lierre, coincées entre deux murs, que j'arpente, encore et encore, je remonte le temps puis le redescends, comme c'est étrange ce pouvoir dans le silence. Vieilles bâtisses décrépies, simulacre d'un pseudo chalet des temps modernes en bois ayant pris des allures de grand cabanon de jardin, des paliers, des perrons, des grilles, des ouvertures, des oriels naturels, des iris aux couleurs délavées de toiles embues, des boîtes aux lettres de guingois, dans une cour un décorum de dessin animé aux figurines de plâtre, un nain de jardin orphelin, quelques lignes griffonnées à l'attention du facteur ou d'un livreur, le silence omniprésent que troublent mes pas de façon presque incongrue.

Les glycines mauves de la petite rue fleurent bon le printemps dans leur cascade toute humide de la fine pluie qui n'a cessé de tomber depuis de nombreuses heures. Çà et là des rosiers grimpants flirtent avec des arches métalliques. Trente-cinq, cinquante-quatre, numérotation anarchique sur les petits carrés de métal bleu d'autrefois de la voie privée. Un bout d'impasse, je me fourvoie, demi-tour entre maisons et jardins. Sur le portail rouillé une carte de visite délavée par les averses laisse entrevoir entre deux coulées d'encre le vague souvenir d'un nom et d'une adresse.

Les orangers sont en fleurs. Les marches polies par les décennies découvrent des mosaïques aux couleurs fanées. Les balustres semblent ne tenir que par la magie du ciment qui les unit. La marquise aux multiples fragments de verre laisse passer de grosses gouttes. Accrochée à un fil comme une araignée géante, une sonnette semble inviter l'étranger à signaler sa présence. Mais ce n'est qu'un leurre involontaire, il y a sûrement bien des lustres que l'objet n'est plus en état de remplir sa fonction. Tout comme le lampadaire aux facettes cassées dont l'ampoule n'a plus jamais été remplacée. Pas un bruit et pourtant la ville est si près, là, je la vois, des immeubles élevés me font face et tentent en vain de m'interpeller sur l'ère du temps, seule la pluie fine et le sifflet parfois strident d'un merle viennent rompre l'atmosphère cotonneuse et moite de cet après-midi de début d'avril, entre deux mondes, entre anachronismes et kaléidoscope.

Je dépasse mon sentiment de culpabilité de braver l'interdit en pénétrant dans un espace privé qui ne m'appartient pas, et contourne la bâtisse par le sud.

Une porte fenêtre entrouverte sur une pièce à la cheminée au marbre rosé patiné par les ans est comme une invitation à un rite initiatique mystérieux dans la solitude de l'endroit. Je pousse le battant et me retrouve soudain dans un lieu dépouillé dans une impression d'abandon, mais loin d'être vidé de toute substance, comme en présence d'une présence dénudée. La verrière a des reflets roses, et c'est bizarre ce sentiment que j'éprouve soudain, comme si mon corps restait plaqué au sol, alors que je m'élève doucement vers le plafond. Il est curieux ce tableau posé sur la cheminée, il m'hypnotise quasiment.

C'est là que j'aperçois Albane. Recroquevillée sur elle-même, elle entend dans sa tête un bourdonnement sourd qui n'est pas celui des abeilles qui effectuent placidement, les pattes chargées de pollen, leur labeur d'ouvrières dans les fleurs voisines. Elle voudrait ouvrir les yeux et n'y parvient pas. C'est comme ses membres qu'elle essaie de bouger et qui ne lui répondent pas. Qu'est-ce qu'elle a, là juste dans le milieu de son dos, qui lui fait mal comme un poignard mal aiguisé qui se serait planté à travers ses vêtements sans vraiment les transpercer ?

La pierre est saillante et froide. C'est elle qui appuie douloureusement son arête contre sa colonne vertébrale. Mais Albane ne s'en rend pas compte et cherche désespérément à se mouvoir. Elle est tombée là, sur ce sentier où il n'y a pas âme qui vive et personne pour la secourir, et a perdu connaissance après que sa tête ait heurté la branche qui lui barrait le chemin.

Dans l'air frais du matin seuls les oiseaux et les insectes ont été témoins de sa chute. Elle les entend sans les voir et sans les écouter ni les regarder. Un bourdon tricolore la caresse au passage de ses ailes vibrantes. Les premiers papillons, en plein labeur, taquinent de leurs trompes effrénées les nectars des premières corolles, et les vulcains dansent et tournoient dans leurs ocelles délicatement colorés.

Est-ce une impression, mais elle a le sentiment d'être comme un enfant qui ne peut pas sortir du ventre de sa mère, qui ne peut pas voir le monde extérieur, qui voudrait de l'oxygène pour crier mais qui ne peut ouvrir les yeux.

La bosse qui se forme lentement sur son crâne est douloureusement ovoïde et laisse perler un filet de sang. Elle qui voulait tant mourir ce matin en partant de chez elle, ne voilà-t-il pas qu'elle lutte malgré elle pour émerger de sa torpeur et que, instinctivement, elle se force à ne pas sombrer davantage et à garder un contact à demi inconscient avec le monde qui l'entoure.

Mille choses défilent à une allure vertigineuse dans sa tête blessée, elle voit le hamster tourner inlassablement dans sa roue et ces montagnes russes qui l'emportent au bout du monde comme des manèges devenus fous.

Il paraît qu'à l'approche de sa mort on voit défiler sa vie comme un court-métrage machiavélique. Que sont cette blessure et cet état semi-comateux face à la souffrance intérieure qu'elle porte ? Celle-là même qui l'a conduite à marcher, à grimper ce sentier sans regarder où elle mettait les pieds et à s'écrouler là bêtement dans cet endroit paumé, isolé, où nul ne la verra avant bien des heures voire des jours. Elle a cherché la solitude pour cacher ses larmes et offrir ses yeux tristes à l'air frais dans un sursaut de courage pour essayer de se sentir moins mal. Pour la solitude c'est réussi, pour l'isolement encore plus.

Quelle idée d'avoir suivi la sente qui mène à la grotte en passant par le hameau des Giaines. A l'écart de la route de Falicon la chapelle mauve et ses œillets fraîchement coupés laissaient planer un délicieux sentiment d'apaisement. A la fois si proche de la route, si loin du chemin, si proche de la vie et si loin de l'existence. Sur les collines niçoises, les paysages en belvédères semblent se perdre dans l'horizon brumeux de son avenir qui ne parvient pas à émerger des nébulosités de son passé.

« Vous pouvez continuer par-là », lui avait gentiment indiqué la vieille dame de sa fenêtre, la voyant perplexe ; « Vous verrez, ça rejoint le sentier qui mène au Mont Chauve par la grotte ». Mais il avait tellement plu ces jours-ci que la sente était glissante, boueuse, les pierres dépolies n'étaient plus que des savonnettes sous les semelles glissantes d'Albane, qui s'était écartée du sentier pour couper vers le pylône dans une direction plus que douteuse par rapport à son objectif. Mais elle n'avait jamais eu le sens de l'orientation, et distraite elle avait pensé davantage à Renaud qu'à ne pas s'égarer.

« Toc-toc-toc !! » Soudain on tambourine à la porte de la maison abandonnée, pourtant je n'ai entendu arriver personne. Le temps est toujours gris et les bruits résonnent dans la quiétude du lieu. J'aurais dû entendre le visiteur, ce ne doit être que le fruit de mon imagination qui me joue des tours en cet endroit mystérieux.

J'ouvre une porte et tombe sur une cuisine ou plutôt ce qu'il en reste. Un énorme poêle couvert de poussière, une balance Roberval aux plateaux cabossés, de vieux ustensiles hors d'usage sur la crédence surannée d'un vieux buffet, quelques cuivres encrassés, une dame-jeanne enchâssée dans son manteau de paille, un fonds hétéroclite hors pair de babioles d'un autre temps.

« Toc-toc-toc !! », allons bon voilà que ça recommence, et de surcroît le visiteur semble s'impatienter. Comme rien ne justifie ma présence intruse, je n'ose me montrer, reste immobile au premier étage, comme un petit chat apeuré qui n'ose plus descendre de son arbre, et me contraint au silence.

Dans un vieux sous-verre des oiseaux inconnus sont figés dans une danse un peu macabre, dans une cage trop petite pour eux dont ils ne peuvent s'extraire. Le peintre a figé les barreaux dorés des oiseaux comme le temps ici a suspendu son vol.

Sur le tableau les fruits de l'alkékenge se balancent dans une danse éternelle, offrant leurs lanternes orange aux visiteurs comme autant de petits dragons chinois cachés dans leurs guérites végétales pour mieux monter la garde.

En cette période, au Théâtre de l'Artistique sont exposés les nombreux clichés de Nice et des Alpes Maritimes, au passé affranchi par les artistes imagiers de Charles Nègre à Jean Giletta, dans une succession d'images allant du daguerréotype aux cartes postales du début du XXe siècle en passant par la collection du Comte de Cessole en pionnier des sommets azuréens.

Dans cette profusion de portraits et de paysages du passé, du noir et blanc aux couleurs jaunies ou sépia, les tableaux modernes de la petite galerie de l'arrière sont autant d'anachronismes colorés d'auteurs de l'ombre.

Renaud promène son regard en circonférence autour du théâtre au rideau noir où les acteurs se sont tus depuis bien longtemps. Il a complètement oublié les amis qui l'accompagnent et il voit sans trop y prêter attention ces clichés qu'il connaît si bien depuis tant d'années, comme souvent il regarde au loin sur l'horizon le bandeau jaunâtre des brumes d'été. Il revoit sa rencontre avec Albane quelques années auparavant dans l'enceinte quasi mythique du Théâtre de l'Artistique, dans les salles contiguës aux cheminées qui ne s'enflamment plus depuis bien des décennies en ces lieux empreints de dignité qui forcent le recueillement.

On y chuchote comme dans un endroit sacré, et la religion de l'Artistique est parfois aussi forte sinon plus profonde qu'une ferveur religieuse. Elle induit le respect des années de patience des auteurs présents, reflets d'une époque où tout allait moins vite qu'aujourd'hui. Même si le numérique a supplanté l'argentique, loin de renier le progrès, Renaud ne peut s'empêcher de songer à ces heures passées dans les chambres noires à développer et peaufiner les captures des empreintes de la vie. Combien d'épisodes de vies a-t-on sacrifiés sur l'autel du temps qui passe trop vite, pour les faire revivre dans cet univers feutré où se rencontrent sans se voir les bugadières du bord de mer, les autoportraits, les arches du Pont Vieux et les collines niçoises encore vierges de l'urbanisation.

A quelques pas de là, dans leurs lanternes oranges, les fruits de l'alkékenge semblent se balancer en jouant la musique du temps qui passe, comme des arpèges inlassablement répétés dans un même mouvement du peintre musicien au nom inconnu, ces notes émises successivement qui formeraient un accord si elles étaient jouées simultanément. Comme celles du guitariste qui promène ses doigts agiles sur les cordes de son instrument près de l'entrée de l'Artistique sur le trottoir, où il a posé sa vie d'errance pour quelques heures au gré du son de la chanterelle de sa guitare qui résiste à sa torture endiablée.

Renaud a toujours eu la faculté de s'identifier à son environnement. Mais les fruits du physalis au calice orange vif qu'Albane aimait tant sur ce tableau des temps modernes lui font mal. Il voit du fruit la transparence de l'enveloppe orangée qui dissimule ses formes intimes comme une femme pudique.

Quarante-huit ans ont passé. Albane n'a pas gardé son prénom de naissance autrement qu'à l'état-civil. Lorsque Renaud et elle étaient enfants sur les bancs de l'école. Ils détestaient leurs vrais prénoms et s'en étaient inventés d'autres, bien au-delà d'un simple jeu d'enfants ces substitutions d'identité avaient fait leur chemin.

Le calme revenu, je pousse une deuxième porte, puis une troisième. Parfois m'égare, ouvre un placard que je referme à la hâte comme pris en faute par les propriétaires des lieux surgis de nulle part. Qui sont-ils ?

« Toc-toc-toc !! », encore et toujours ce bruit lancinant qui revient. Ce n'est pas possible, pourquoi ce visiteur ne pousse-t-il pas la porte entrouverte comme je l'ai fait moi-même ? Peut-être n'ose-t-il pas, car c'est vrai je me souviens avoir refermé le battant derrière moi. Je risque un regard par la fenêtre du premier étage sans me montrer.

Dans leur enclos l'âne et la chèvre ne se quittent pas. Elle frotte doucement ses cornes contre la raie de mulet sombre de son ami. L'âne a ce regard doux qu'ont tous ceux de sa race, si loin de la réputation fausse qu'on leur a si souvent attribuée. Sous la pluie fine leur abri semble aussi précaire que sécurisant. Ils ne s'y réfugient pourtant pas, et semblent se complaire à se tenir chaud tous les deux sous l'averse. Tendresse animale, complicité sans rôle de composition.

Il n'y a personne d'autre, pas d'être humain en chair et en os. « Toc-toc-toc !! » encore et encore. Je commence à paniquer et n'ose à nouveau plus bouger. Je repère un placard entrouvert comme solution de repli d'urgence au cas où l'intrus déciderait de monter à l'étage. Puis brusquement une bouffée d'angoisse m'étreint, peut-être est-il déjà là cet être invisible. Il frappe et je ne le vois pas, ce n'est pas normal, il est peut-être tout près de moi, est-il inoffensif ou nourrit-il de sombres desseins à mon encontre ? Tout se bouscule en une tempête affolée dans ma tête. Cette présence invisible me paralyse à tambouriner inlassablement à intervalles discontinus et de plus en plus rapprochés.

Dans les vapeurs de son inconscient, la vie d'Albane se bouscule, et la fraîche odeur des jeunes pousses du thym en fleurs ne parvient pas à la sortir de son évanouissement.

Comment les bulles d'oxygène peuvent-elles lui faire aussi cruellement défaut ? Elle a pourtant bien écouté les consignes : « Tu respires trop fort dans ton masque, c'est pour cela qu'il se remplit d'eau. Laisse aller ta respiration, naturellement, calmement, et tout ira bien ».

Elle lâche enfin prise. Son souffle se fait régulier, son palmage moins saccadé et elle se laisse aller au monde du silence troublé par le seul bruit de ses bulles.

Les étoiles de mer sont encore plus rouges et oranges qu'elle ne l'imaginait, les oursins sont ancrés à leurs rochers, un joli petit poisson marbré de blanc et marron joue à cache-cache, les petites castagnoles décidément peu farouches forment de belles arabesques bleutées vives et rapides, elles semblent lui sourire et elle leur renvoie leurs sourires. Un poulpe joue au cerbère inoffensif au surplomb du tombant. Les algues ondoient doucement et la couleur de l'eau qui s'enfonce est d'un magnifique bleu turquoise soutenu. Encore quelques traversées de rochers sur lesquels elle pose ses mains dans la douceur du végétal qui les recouvre, une sorte d'éponge cylindrique rosée et tachetée se love dans une anfractuosité. Lorsqu'elle refait surface elle ne s'y attend pas si vite et elle aimerait donner à sa vie un peu de la légèreté de ces petits poissons si rieurs ....

Mais là, évanouie sur ces rochers des collines niçoises, elle a beau essayer de rythmer sa respiration, de sa plongée au Cap Ferrat ne subsiste que des flashes en souvenir qui déroulent leurs méandres dans son cerveau embrumé par sa chute.

Pourtant Albane cherche désespérément à remonter à la surface, mais le bandeau de plomb qui étreint son crâne l'en empêche et pèse mille tonnes. Elle se sent prisonnière des algues qui maintenant ressemblent curieusement à des brins de thym géants. Ses palmes se sont réunies pour n'être plus qu'une lourde queue de sirène prête à se noyer, perdue sans ses sœurs néréides à la chevelure entrelacée de perles. Elle voit des dauphins et des chevaux marins, elle voit des tridents, des couronnes et des branches de corail, moitié femmes et moitié poissons.

Un tableau défraîchi me fait face, il représente curieusement un homme jeune et beau chevauchant un hippocampe dans une cage dorée. Nouveau vertige, nouvelle sensation de partir en arrière et de m'évanouir, nouvelles visions. Renaud montait pourtant à cheval autrefois. Une petite jument gris pommelé aux balzanes blanches si j'ai bonne mémoire, c'était il y a si longtemps. Albane l'initiait aux plaisirs de l'équitation, et ils partaient pour de longues balades à travers la nature, alors le monde leur appartenait.

C'était le seul domaine où ils pouvaient se rencontrer librement. Renaud et Albane séparés par la vie n'avaient pas pu faire route ensemble et s'étaient retrouvés trop tard pour unir leurs destinées déjà engoncées dans d'autres carcans de la vie que sont les barreaux dorés du sacro-saint mariage.

Ils avaient une trentaine d'années, assumaient tant bien que mal les contraintes de leurs vies officielles, et montaient à cheval dans la complicité la plus totale, avec tendresse, ce sentiment qui n'existe que par la magie de l'amour vrai, du partage et des émotions, loin des stéréotypes que l'être humain a l'art de s'infliger et de cultiver plus ou moins consciemment.

Puis il y avait eu la maudite chute d'Albane, son cheval avait trébuché et était lourdement tombé sur sa jambe, lui occasionnant plusieurs mois d'immobilité, de non rencontres, ajoutées à l'absence de Renaud qui avait dû partir d'urgence à l'étranger.

A peine rentré, il lui tarde de revoir Albane, et en attendant il se réapproprie sa ville et revisite des lieux qu'il aime, accompagné de faux-semblants se prenant pour de vrais amis.

Albane sait que Renaud doit être revenu, et elle attend de donner à nouveau un sens à sa vie. « Envoie-moi des virgules » lui écrivait-elle lorsqu'elle trouvait trop brefs ses messages du bout du monde.

Dans les nébulosités de son étourdissement, la sonnerie de son téléphone l'extrait enfin de son subconscient, et péniblement elle ouvre les yeux et parvient à s'asseoir. Sa tête lui fait mal, elle est toute ankylosée par sa station prolongée au sol, mais apparemment rien de trop grave, elle arrive à se mouvoir. Elle extirpe son téléphone de sa poche. Heureusement, il n'est pas cassé, le hasard de sa chute l'ayant entraînée de l'autre côté. Elle n'a pas rêvé, la petite enveloppe du texto tant désiré clignote : « Suis à Nice depuis ce matin – Hâte de te revoir enfin – Te tél dès que possible – Tendrement- Renaud ».

Le cheval marin du tableau m'invite à partir, comment nager sans eau... J'ai l'impression d'être l'hippocampe du bocal.

J'ignore combien de temps je suis restée dans la maison abandonnée. Je me réveille et il pleut toujours. C'est la seule chose dont je me souvienne, cette pluie fine qui tombait déjà lorsque je suis arrivée. Quelle heure était-il, je l'ignore. Ma montre s'est arrêtée obstinément à quinze heures douze, et il n'y a aucune pendule dans cet univers. Ai-je d'ailleurs vraiment dormi ?

Je me décide enfin à braver ma peur et à regagner le rez-de-chaussée malgré le « Toc-toc-toc !!! » qui se fait toujours entendre par intermittence. Au bas de l'escalier, prudemment je marque un temps d'arrêt et glisse un œil en direction de la porte par laquelle je suis entrée. Un gros corbeau me fait face et frappe son bec contre le carreau.

Et je me demande jusqu'où Renaud et Albane joueront comme deux oiseaux prisonniers de leurs sentiments les arpèges de la mélodie de leurs amours en cage.

7h20 à Béasse

Il la regarda un instant, partagé entre crainte et curiosité, puis, mû par son instinct d'animal à sang froid, détala furtivement dans une anfractuosité de la roche. Sa surprise passée, Ariane sourit de s'être ainsi laissée surprendre par le gros lézard vert qu'elle avait sans doute réveillé dans sa chaude sieste.

Elle était arrivée de bonne heure à Saint-Colomban, et mieux valait, car la petite route étroite et sinueuse ne souffrait guère les croisements de véhicules, et n'était pas toujours dotée de parapets. La fontaine datée de 1900, attenante à un petit lavoir en plein centre du hameau, l'amusait avec sa plaque métallique bleue indiquant : « eau non contrôlée », dont un an après, elle ignorait encore si elle était potable ou pas. Quoi qu'il en soit, la route en impasse se terminait en cul-de-sac dans le tout proche hameau de Camari, et il était prudent de se garer avant de ne plus pouvoir faire demi-tour, et surtout de ne pas avoir oublié d'emporter quelques litres d'eau en ces lieux, certes magiques au bout du monde, mais totalement isolés à quelques kilomètres de Lantosque et Loda. Le hameau semblait figé dans une immobilité matinale hors du temps. Pas un bruit à la ronde. Il y avait bien quelques véhicules garés là où elle s'était arrêtée, mais pas âme qui vive en apparence.

Elle passa à côté de l'abri de fortune composé de quelques planches et d'une couverture de tôle ondulée, censé protéger plus que sommairement un treuil rouillé, lui-même relié à un câble figé surmonté d'une esse métallique pendant tristement dans le vide, réminiscence d'une installation qui devait apporter sa contribution au transport des matériaux et du bois à travers le vallon entre Saint-Colomban et Gorblaou. Le sentier y démarrait en plongeant à travers les hautes herbes pour rejoindre le petit hameau aux quelques maisons joliment restaurées dans leur écrin de verdure, où un petit ruisseau apportait un peu de fraîcheur sous un vieux pont de pierre. Çà et là quelques rondins de bois pour l'hiver, quelques planches prêtes à servir, une brouette surannée, figée dans ses roues profondément ancrées dans la terre, une barrière abandonnée à sa première couche de peinture à plat sur des tréteaux arqués, autant de traces de vie posées pour quelques semaines, quelques mois ou quelques années.

« Amoureux de la nature : si vous aimez la randonnée, les grands espaces, avez une histoire à raconter, et n'avez pas peur des araignées, rendez-vous à Béasse dimanche sept juillet à onze heures, une surprise vous y attend. Point de ralliement à la pendule de sept heures vingt dans les ruines du hameau, pas de contact préalable »... telle était la teneur de ce mystérieux message arrivé sur sa boîte mail une quinzaine de jours auparavant. Dans un premier temps, Ariane avait été fortement tentée de le mettre à la corbeille, puis s'était ravisée. Mue par une certaine curiosité, elle avait cherché en vain à en identifier l'expéditeur et d'autres destinataires éventuels. Depuis, chaque jour la ligne réapparaissait sur sa messagerie, et elle haussait les épaules en la voyant, mais elle ne pouvait se résoudre à la faire disparaître.

Après tout, elle connaissait Béasse pour y être allée l'année précédente, et y retourner n'était pas pour lui déplaire. En plein été les randonneurs s'y raréfiaient, craignant la chaleur, et c'était le moment où jamais pour profiter du chemin en toute quiétude. Mais là c'était un peu différent, car en décidant d'y aller, elle prenait le risque d'y retrouver des inconnus pas forcément intéressants ni rassurants. D'un autre côté, Béasse à onze heures du matin ne pouvait présenter un grand danger, hormis quelques éboulis dans le passage escarpé des roches blanches qui en précédait l'accès. Au pire, elle tomberait sur quelques marcheurs un peu allumés, comme celui qui lui avait soutenu mordicus un jour sur le Plateau de la Malle qu'elle était « une envoyée de Dieu » en lui offrant des biscuits à la noix de coco. Au mieux, il y aurait là quelques personnes désireuses de partager un peu d'histoire locale. Et hypothèse intermédiaire, elle pourrait toujours passer par là comme par hasard, faire semblant de visiter le hameau fantôme et rebrousser chemin. Sa nature curieuse l'emporta donc sur ses doutes, et la décida à tenter l'aventure.

Passé Gorblaou elle remonta le vallon en sous-bois, en direction de la Baisse-de-Béasse, maudissant une fois de plus ce terme local vers lequel il faut toujours commencer par monter ! A la sortie du bois apparut la première croix aux chapelets et aux outils de la Passion, à la tenaille et au marteau solidement arrimés sur la branche horizontale. Là commençait le seul passage un peu délicat du parcours, quasiment invisible dans une roche très claire à la blancheur éblouissante, d'où la sente étroite n'apparaissait visible dans la pente que dans les derniers mètres, ce qui donnait une impression un peu oppressante de ne jamais voir où on allait mettre les pieds qu'au tout dernier moment, de préférence sans trop regarder vers le bas pour les sujets au vertige. C'était aussi le paradis des papillons, des lavandes sauvages butinées par des zygènes enivrées de pollen, et des araignées colorées se détachant sur les rochers.

Puis le sentier reprenant son cours dans la forêt, elle parvînt au chemin terminal, avec ses deux grosses bornes de pierres et son arbre couché en travers, tronçonné en arche naturelle.

Il était dix heures cinquante et Béasse était plongé dans le silence. Ariane s'assit au début de ce qui avait été la rue principale et décida d'attendre un peu, dans une position quasi stratégique où nul visiteur éventuel ne pourrait échapper à son champ de vision, à quelques dizaines de mètres de la fameuse pendule de sept heures vingt abandonnée dans le cadre de pierre d'une ruine, ses aiguilles figées depuis l'année dernière et certainement depuis bien plus longtemps sur la même heure. Ariane ferma un instant les yeux en songeant à ce qu'avait pu être le quotidien ici autrefois, lorsque les enfants criaient et allaient à l'école, et que la vie s'organisait en quasi-autarcie, rythmée par le seul cycle des jours et des saisons.

Béasse aurait été un ancien refuge de Barbets. Au-dessus du linteau de la porte d'une des maisons encore debout, subsistait toujours l'étrange inscription bleue en latin : *vocatus atque non vocatus deus aderit* (Appelé ou pas, Dieu sera présent), trace du passage d'ermites installés à Béasse après la désertification. Juste en dessous on avait écrit à la craie : « l'espoir fait vivre », maxime simpliste et utopique de promeneurs qui avaient voulu laisser une trace de leur passage, à demi cachée par ce qu'il subsistait d'un morceau de tissu qui avait dû ressembler à un rideau il y a fort longtemps, et dont les lambeaux ondoyaient en se déchirant chaque jour un peu plus sous le vent comme les spectres et fantômes du passé.

On disait qu'outre l'élevage de chèvres pour le fromage, et la culture du chanvre, le hameau produisait des prunes reines-claudes qu'il exportait en Angleterre. Quand la route de Saint-Colomban avait été construite en 1930, Béasse n'avait pas été désenclavé. Le hameau en était mort petit à petit, inexorablement, et comme tous les lieux abandonnés, il avait suscité passions et légendes qui perduraient aujourd'hui.

Brusquement un bruit fit sursauter Ariane, comme si on cassait assez violemment quelque chose à l'intérieur des ruines, où on entendait rouler des objets ou des pierres. Ariane sourit, les chèvres étaient toujours maîtresses des lieux. D'ailleurs deux d'entre elles ne tardèrent pas à faire leur apparition, dans leur belle robe pleine de santé, repues de l'abondante verdure alentour. Elles marquèrent un temps d'arrêt, échangèrent un regard plus étonné que surpris avec leur visiteuse, et reprirent leurs cabrioles d'une bâtisse à l'autre, en véritables reines du hameau dont nul ne leur contestait la souveraineté.

Distraite par le ballet caracolant de ses complices d'un instant, Ariane n'avait pas remarqué qu'un homme s'était assis non loin d'elle, le visage obstinément rivé vers le sud du hameau, et qui semblait, lui aussi, absorbé par la magie de la voltige des belles à cornes dans les ruines.

Elle se demanda si cet homme était là pour le message ou tout simplement par hasard, et décida d'attendre un peu sans quitter son poste. Au gré des allées et venues des chèvres, il finit par tourner la tête et aperçut lui aussi Ariane, qui était en train de réaliser qu'il était assis juste devant l'ouverture de pierre à la pendule, qu'il était onze heures à présent, et qu'il devenait de plus en plus difficile de concevoir sa présence comme une coïncidence. Alors qu'ils étaient tous deux sur le point de faire un geste l'un vers l'autre, apparut du bout de l'ancienne grande rue comme on avait dû la nommer autrefois, une femme entre deux âges, qui elle n'y alla pas par quatre chemins et s'adressa immédiatement à l'homme assis : « Bonjour, vous venez pour l'annonce vous aussi ? ». Un instant décontenancé par l'attaque directe de la visiteuse, il répondit un peu hésitant : « Ah vous voulez parler de ce message sibyllin envoyé par mail avant-hier ? Eh bien oui, je me suis laissé emporter par ma curiosité, et, bien qu'arachnophobe convaincu, j'ai eu envie de visiter ce lieu fantomatique. Je m'appelle Victor, et vous ? ».

« Marthe, c'est moi qui ai mis l'annonce en ligne, un soir où j'avais un peu trop déliré sur le rosé. Ensuite, quand j'ai vu le matin que je ne me souvenais de rien alors que le site avait été visité, j'ai voulu jouer le jeu, ne pas décevoir la naïveté de ceux et celles qui y avaient cru, s'il y en avait, et je me suis dit qu'au pire ce serait peut-être une rencontre imprévue entre randonneurs un peu idiots piégés par leur curiosité dans ce hameau du bout du monde, et que je serais l'araignée qui tisse sa toile pour capturer les imprudents. Voici donc la raison de ma présence ».

Ayant bien sûr entendu la conversation toute proche, Ariane s'approcha de Marthe et Victor. Elle était visiblement la plus jeune des trois, et c'est un peu timidement qu'elle les salua et, après un temps d'hésitation, se décida : « Bonjour, je suis Ariane, j'ai aimé cette randonnée l'année dernière, alors tout simplement j'ai eu envie de la refaire sous un autre jour en lisant le message de Marthe, je me suis dit que cette journée pouvait peut-être se révéler une journée singulière, une occasion aussi de faire revivre Béasse l'espace de quelques heures en y racontant nos histoires ».

Marthe l'avait regardée sévèrement se présenter, tandis que Victor souriait sans mot dire. Marthe lança brusquement : « Eh bien, si vous avez quelque chose à raconter, allez-y, ne vous gênez pas, ici à part les chèvres et les martinets il n'y aura personne pour vous entendre et vos paroles s'envoleront aussitôt dites ! ».

Décontenancée par tant de froideur, Ariane fut sur le point de perdre contenance et de rebrousser chemin. Mais il y avait si longtemps qu'elle gardait en elle une blessure qui lui faisait tellement mal, dont elle ne pouvait parler à personne. Oh, il y avait bien ce psy dont elle avait fréquenté le cabinet durant six mois à un rythme hebdomadaire, fort sympathique et cultivé au demeurant, et qu'elle appréciait, mais qui n'avait pas su apporter le réconfort espéré à sa douleur. Elle lui parlait de l'homme qu'elle aimait d'un amour impossible, et qu'il qualifiait de jolie bouteille, en lui demandant d'y graver un prénom et d'avoir confiance en elle, pour qu'elle la laisse tranquille et y boire apaisée, mais elle avait peur et ne voulait que s'enivrer jusqu'à la lie, au calice de cet amour aussi beau, grand, merveilleux et magique que douloureux, irrationnelle et incapable de réfléchir lorsqu'elle avait trop mal. Alors Ariane avait cessé de voir son psy, d'un commun accord, car il avait hélas raison, l'amour, le vrai, devait pouvoir se satisfaire de l'absence de l'autre à travers ses trop rares présences. Il lui fallait trouver au plus profond d'elle-même la force de survivre à sa souffrance pour vivre son amour, et personne ne pouvait l'y aider.

Non, elle n'allait pas raconter à Victor, et encore moins à Marthe, son histoire intime, la trahison de sa seule vie de femme éphémère sacrifiée sur l'autel d'un amour chaste magnifique et encore trop douloureux, ses désirs, son désir fou de retrouver leurs caresses, ses terreurs, ses angoisses, ses paniques, ses délires et ses élans vers la mort trop souvent contenus au bord du gouffre. Elle ne leur livrerait rien, tout simplement parce qu'elle n'en avait pas envie. Ces deux êtres n'étaient pas dignes de recevoir son for intérieur en partage. Deux allumés se dit-elle, ou plutôt deux paumés, la méchante et le ravi fut-elle tentée de les caricaturer.

Puis elle se ravisa, l'agressivité de Marthe n'était peut-être qu'une façade, une carapace d'une autre nature que celle qu'Ariane s'était forgée dans son sourire qui la protégeait des interrogations, son sourire SOS qu'elle qualifiait aussi de commercial parce qu'il n'avait pas d'âme, et qui était là uniquement pour la protéger des intrusions. Son vrai sourire, celui qui était né de l'intérieur sur le tard, celui du bonheur, n'avait appartenu qu'au magicien qui seul avait le pouvoir de le faire revivre. Quant à Victor, que cachait-il lui-aussi derrière son sourire un peu benêt, elle ne tarderait pas à le deviner. Finalement, le côté un peu mystérieux de l'aventure lui plaisait bien.

Pour une fois, c'est elle qui allait faire parler les autres, qui ne la connaissaient pas. Pour une fois elle allait tenir les rênes des confidences de ces deux êtres qu'elle ne reverrait sans doute jamais. C'était elle qui allait se muer en femme forte pour quelques minutes ou quelques heures, la froideur de Marthe lui donnait presque envie d'être méchante, elle qui ne l'était pas le moins du monde, et la bonhomie souriante un peu béate de Victor l'agaçait. Elle avait été curieuse et un peu inconsciente de venir se perdre à Béasse retrouver des inconnus, et bien c'était elle aujourd'hui qui allait se nourrir des histoires des autres, s'en repaître, ce serait sa thérapie du jour, un peu comme une parenthèse dans sa résignation habituelle.

Elle toisa Marthe et lui lança : « Vous avez l'air bien sûre de vous, alors à vous l'honneur, commencez donc à livrer votre histoire du jour aux fantômes de Béasse. Ils n'auront pas l'outrecuidance de vous faire l'affront de vous contrarier ».

Marthe ne se démonta pas, bien au contraire, elle cria plus qu'elle ne dit : « Vous savez ce que c'est qu'un cancer, une prison, la torture ?? Non, vous ne savez rien, vous ne comprenez rien, comme tous les abrutis imbéciles que je croise. Aujourd'hui j'avais juste envie de me payer quelques idiots de plus en venant ici, le message m'a fait marrer, je voulais voir quels seraient les débiles qui répondraient à ces lignes d'ivrogne aujourd'hui démasquée. Oui la marche m'a fait du bien, oui je vous hais comme je hais l'humanité toute entière. Non je ne vous raconterai pas mon histoire, non parce qu'elle n'appartient qu'à moi, non parce que vous ne la méritez pas, non parce que vous êtes comme tous les autres, des voyeurs, des incapables, des ratés de l'existence comme moi, et c'est bien là notre seul point commun !! ». Et sur ces paroles, elle attrapa avec force son sac à dos posé à côté d'elle, et partit furieuse et tremblante de colère en direction du ruisseau vers le vallon de la Maïris.

Restée seule avec Victor, Ariane se sentit décontenancée, triste, comme abattue par cette colère qui venait de leur exploser à la figure, et qui cachait tant de détresse. Ariane regrettait d'avoir parlé durement à Marthe, et de l'avoir presque provoquée.

Tenter de la rattraper n'eût servi à rien dans l'état d'esprit où elle se trouvait. Ariane se redressa, reprit elle aussi son petit barda, et s'apprêta à prendre rapidement congé de Victor, qui arborait toujours son sourire figé, fort agaçant au demeurant dans ce contexte lourd.

Elle allait partir lorsque Victor se décida à parler : « Vous ne voulez pas connaître mon histoire ? N'étiez-vous pas venue en ces lieux pour entendre des secrets à défaut de les écouter ? Ce n'est pas une histoire personnelle, c'est celle que j'ai écrite pour vous il y a bien longtemps. Je savais que nous nous rencontrerions un jour Ariane. Mais je ne veux vous obliger en aucune manière, libre à vous bien sûr de quitter Béasse, ses ruines et ses chèvres. Auquel cas je souhaite que votre chemin soit pavé de certitudes, et de ne plus jamais douter du sens du vent et des symboles magiques ».

Ariane ne répondit pas tout de suite. Décidément elle vivait l'absence estivale de l'homme aimé comme des vacances assassines, et s'était fourvoyée dans son désarroi dans une aventure peu commune, qui prenait un tour plus que surprenant. Qu'avait-elle à craindre de Victor qui semblait bien inoffensif dans ses délires apparents ? Partir immédiatement c'était ne jamais connaître la suite de l'histoire, un peu comme rester sur une aventure inachevée. Rester c'était prendre le risque d'écouter un long monologue se perdre dans les méandres des bas-fonds de l'esprit de Victor, qui ressemblaient à un labyrinthe digne de Dédale, et elle avait beau se prénommer Ariane, elle ne se sentait pas capable de dénouer le fil de cette histoire, et n'avait aucune envie de rencontrer le Minotaure.

De guerre lasse, elle se dit qu'éconduire brusquement Victor eût été injuste, et que l'écouter quelques minutes ne lui prendrait pas plus de temps que se lancer dans des palabres inutiles pour prendre congé. Alors elle le regarda en silence d'un air interrogatif.

A l'approche de midi la chaleur commençait à se faire pesante, et les chèvres ralentissaient leur rythme, alors que rien ne semblait pouvoir freiner les myriades d'insectes colorés qui tournoyaient inlassablement. Il était difficile d'imaginer ce qu'avait pu être au quotidien la vie des habitants de ce hameau, et à trop l'imaginer on basculait invariablement dans l'irréel et l'irrationnel propre aux légendes.

Pourtant, jeudi 6 janvier 1997 à 7h45, le dernier ermite qui avait vécu ici écrivait encore :

« Eh bien, racontez mon vieux, qu'est-ce qu'un feu ? »

« Un truc beau à voir, chaud dans le dos pour couper le bois »

C'était il y a quinze ans, sur de vieux cahiers d'écoliers qu'il avait semés par dizaines, couverts d'écrits maladroits, faits de courts monologues et de brefs dialogues avec des interlocuteurs plus ou moins imaginaires, de pseudo-poèmes et de fautes d'orthographe, à l'écriture multicolore au gré de ses envies, jonglant sans le vouloir entre majuscules et minuscules, et c'était bien réel.

Victor se départit un instant de son sourire et regarda Ariane comme s'il la jugeait, ou plutôt la jaugeait, était-elle capable et méritait-elle d'entendre son message ? Marthe l'avait déçu, presque chagriné, car il avait cru voir en elle tout la réceptivité qu'il attendait, alors qu'Ariane dans sa douceur et son effacement lui semblait moins sensible, en tout cas en apparence, que l'écorchée vive qui s'était enfuie. Et pourtant, quand il était passé de l'autre côté du mur ce matin, mais lequel, à quelle échelle et pour combien de temps, il avait unit l'intemporalité de cet instant dont il attendait tant, comme un simple mortel qui veut juste retenir quelques instants hors du commun. Marthe n'avait-elle été qu'une passerelle ?

« Quand j'ai compris que la vie ne tenait qu'à un fil, un jour je me suis réveillé. Oh bien loin des turpitudes de l'existence certes, à des années lumières de Béasse et de ses rencontres du troisième type. Pourtant un jour je me suis assis vers le calvaire, là-bas un peu plus loin à la sortie sud du hameau, là où la ruine qui se découpe dans le paysage lunaire joue les déserts du Nouveau Monde. Alors j'ai rencontré un homme semblant surgi de nulle part. Il m'a raconté la mémoire de l'eau et la peinture des paysages. Depuis je ne suis plus tout à fait le même.

Voyez-vous, Ariane, j'en ai vécu des souffrances et des illusions perdues. Il faut juste apprendre à laisser, pour ne pas se faire trop mal en tombant de ses rêves. Comme vous j'ai été un enfant mal aimé qui a mal grandi. Comme vous j'ai aimé de cet amour que seuls les êtres mal aimés peuvent donner car ils y croient et ne simulent pas. Comme vous j'ai sacrifié sur l'autel du vrai sourire celui qui vous a presque agacée tout à l'heure. Comme en vous subsiste au fond de moi un peu d'enfant qui a oublié de grandir. Et comme vous ma souffrance est trop grande pour se conjuguer à l'échelle du temps humain. Alors Ariane, que faire pour tisser une toile assez solide qui pourrait vous garder aussi grand cet amour que vous désirez tant ? ».

Puis il se tut, et regarda son auditrice avec une bonhomie naturelle, pleine de bienveillance, et Ariane ne lui trouvait plus l'air benêt, bien au contraire elle plongeait ses yeux dans son regard clair, un regard de nuages, surprise : « Mais Victor, comment savez-vous cela de moi ? Je ne vous ai rien confié pourtant ... ».

Victor souriait mais son sourire n'était plus le même, il était apaisant et confiant, c'était un vrai sourire.

« L'amour est fragile et volatile Ariane, comme un parfum. La meilleure façon de le retenir, c'est de ne pas chercher à l'emprisonner. Laissez les papillons voler librement, on n'enferme pas les plus belles couleurs. C'est difficile d'apprendre à voler de vos propres ailes Ariane, voyez l'échec d'Icare, grisé par le vol, qui oublie l'interdit et prenant trop d'altitude. Il vous faudra jongler entre les courants ascendants, les turbulences, les cyclones et les tempêtes. Vous en avez déjà beaucoup traversés, et si vous n'y prenez garde votre amour deviendra votre triangle des Bermudes. Pourtant il serait si facile si vous en aviez la force de lâcher prise et de voler simplement sur les ailes de vos sentiments. Je suis certain que vous avez la force de vivre Ariane croyez-moi, ne faites pas peur à votre papillon pour que jamais il ne s'envole trop loin de vous. Prenez le risque de ne jamais retrouver son nectar, pour ne pas prendre le risque de perdre la caresse de ses ailes ».

De grosses larmes coulaient en silence sur le visage d'Ariane qui avait enfoui son regard dans ses bras posés sur ses genoux. Victor avait tellement senti là où elle avait si mal. Mais elle n'avait plus de forces, elle avait trop pleuré depuis plus d'un an. Au bout d'un moment qui lui sembla une éternité, elle releva la tête et se tourna en direction de Victor. Il n'y avait plus personne devant la pendule de Béasse. Pourtant elle sentait encore sa présence. Surprise, elle pensa qu'il s'était éloigné un instant et attendit quelques minutes, puis se leva et fit le tour du petit hameau. Pas de Victor à l'horizon. Mais elle l'appela en vain sans écho.

Une chèvre traversa calmement la calade empierrée. Il était toujours sept heures vingt à la pendule de Béasse lorsqu'Ariane reprit, en trébuchant maladroitement plusieurs fois, le chemin de Saint-Colomban, troublée par sa rencontre et perdue dans ses pensées. A la Baisse-de-Béasse les chapelets de la croix se balançaient curieusement à l'air libre alors qu'il n'y avait plus de vent. Elle se réfugia avec soulagement plus qu'elle ne s'engagea dans le bois au couvert rassurant.

Elle retrouva enfin Saint-Colomban comme elle y était arrivée, dans la discrétion la plus totale et le silence.

La route du retour lui sembla longue. De retour à Nice elle alluma son ordinateur et consulta sa messagerie, pensant y retrouver peut-être un lien vers Victor via Marthe. Elle chercha en vain dans les messages reçus, envoyés, supprimés, mais il n'y avait plus aucune trace du message de Béasse.

L'anthère bleutée du coquelicot

Le coquelicot : Bonjour l'oiseau, te voilà bien affairé à chevaucher entre les hautes herbes de mon univers.

La palombe : Bonjour coquelicot, tu es bien entouré. Que de joyaux dans l'écrin où tu vis. Renoncules, liliacées, marguerites, coucous, pâquerettes, toute une palette de couleurs sur ton talus.

Le coquelicot : Tu sais palombe, les hommes ne voient pas souvent mon univers, ou plutôt si, ils le voient mais ne le regardent pas, le survolent sans lire entre les nervures des feuilles.

La palombe : Pourquoi dis-tu çà ponceau ?

Le coquelicot : N'as-tu pas remarqué tous ces détritus jetés à la hâte, tous ces monticules de canettes, cartons et j'en passe, qu'on me balance aux pétales ?

La palombe : Si bien sûr, les hommes ne voient plus ce qui est beau, ils ne savent plus poser leurs yeux sur l'éphémère.

Le monde est devenu si agité que le silence lui fait peur.

Le coquelicot : Tu sais palombe, s'ils savaient la richesse de notre univers, ils seraient bien capables de nous le voler encore un peu plus pour pallier la tristesse du leur.

Entends-tu le bruissement des glumelles au dos arrondi ? Des fétuques qui penchent dans le doux feulement des insectes qui butinent ? Le mimétisme du scarabée qui joue au cétoine, et le mystère de l'araignée dans sa toile ?

La palombe : Tu incarnes l'ardeur fragile du langage des fleurs, et pourtant tu résistes au ballast des voies ferrées et à l'asphalte du bord des routes.

Paradoxe de la force et de la fragilité, as-tu déjà songé à parler aux hommes qui te frôlent sur leur passage ?

Le coquelicot : J'ai gardé mon âme de fleur sauvage bel oiseau, je suis éphémère et ne me dévoile que l'espace d'un instant, dans le premier réveil des plantes après la mauvaise saison. Perséphone m'a porté en symbole, la France m'a porté en emblème, Paris m'a permis de le représenter. Que de gloires à l'échelle végétale.

Alors vois-tu, les humains qui passent à mes côtés le plus souvent sans me voir ne savent plus voir dans mes étamines le symbole du renouveau.

L'homme suit son chemin, mécanique, tracé irréel, sans se retourner, sans prendre le temps de rêver mes anthères bleutées en partage du ciel, sans jamais retourner le sablier qui chronomètre leur vie trépidante où tout va trop vite.

La palombe : C'est triste un être humain finalement, moi je les vois de plus haut que toi, mais ce sont les mêmes, toujours impatients, pressés.

Autrefois Monnet et Van Gogh t'ont prêté leurs pinceaux et leurs toiles, les hommes d'aujourd'hui n'aiment plus le temps qui passe, ils le font courir encore plus vite, sans jamais suspendre le vol de leur existence.

Le coquelicot : Tu vois les oiseaux migrateurs comme toi reviennent toujours à leur terre d'asile.

Finalement, de toi à moi, c'est une histoire d'amour

Le phœnix renaît de ses cendres

Le coquelicot renaît de ses graines

Et toi, chaque printemps tu survoles mes anthères bleutées dans leurs pétales rouges de désir de printemps.

Mes étamines sont l'encre de la sépia, elles tachent qui les approche pour leur laisser le souvenir de la rencontre telle des baisers trop fougueux.

La palombe : Si les hommes qui aiment pouvaient se parer du sceau des étamines de leur compagne, ce serait un joli gage de fidélité.

Mais l'homme est un infidèle

La fleur est une éphémère

Le ciel est comme un diadème

Essayons de rester rebelles

La douleur est une ornière

La terre est comme un baptême

D'eau et de feu

De joies et d'adieux

La vie est un anathème

Dont les humains sont les bohèmes

Dans ce manège des sentiments

Crois-tu vraiment oiseau d'argent

Au sacre du printemps

Dans son écrin changeant

Le coquelicot : Et oui palombe nos routes se séparent sur ces mots, je suis fleur et ne dure que l'espace d'un instant, le temps au printemps de s'installer, je l'accompagne dans sa conquête de la nature, mais je dois savoir me retirer.

L'échelle du temps m'est un calendrier aux mois qui sont des secondes, aux années qui sont des heures, me voilà bien âgé à présent.

A l'automne de ma vie printanière mes pétales se fanent.

Je n'ai pas eu le temps donné aux hommes pour épouser les cicatrices du temps que déjà je m'étiole en perdant mes couleurs.

L'été me trahira dans ma courte procession sur le belvédère de la vie.

Pas de nids chez les fleurs.

Dans la métempsycose de mes graines qui se sèment au gré du vent, mes descendants viendront t'offrir en partage leurs étamines au printemps prochain.

Si les hommes pouvaient renaître ainsi chaque année...

Utopie de la vie, l'homme subit son parcours.

L'éphémère a du bon, il ne laisse pas la souffrance du temps qui passe s'installer.

La palombe : Tu me manqueras joli coquelicot, je vais devoir philosopher seule à présent, à moins qu'un écureuil complice ne m'accueille en confidence bien haut dans les branches où dès potron-jacquet nous nous chercherons, nous guetterons.

Je regarderai les hommes de loin, ils vont faucher ton talus comme on tue la beauté, sans scrupules et sans états d'âme.

Il restera de toi une image de printemps, une couleur en métaphore, et l'espoir de ta descendance au prochain renouveau.

Le coquelicot : Ne sois pas triste palombe, la mort fait partie de la vie.

Tu as seulement une horloge un peu plus longue que la mienne.

Pense à tous ces humains qui ont tant d'années de souffrance à subir.

Et qui sait, dans tes ailes se cache peut-être une petite graine que tu sèmeras plus loin sans même t'en rendre compte, ce sera notre secret en partage.

C'était une belle histoire entre nous, mais les belles histoires ne sont pas faites pour durer hélas.

Résignés nous n'avons pas le choix, il était si beau ce printemps qui s'endort.

Le coquelicot : Adieu palombe, puissent tes ailes déployées donner un peu de hauteur au bas monde des hommes.

Puisse le glissement de ton vol couler dans les airs comme un souffle de paix.